佐藤愛子

Sato Aiko

上機嫌の本

PHP

上機嫌の本　目次

楽天的で向こう見ず

今どきの若者たち

しっかりしなさい、日本人

＊本書は、一九九二年三月にＰＨＰ研究所から刊行された同名の書籍を新装復刊したものです。
掲載している年齢や内容は、刊行時のままとしました。

楽天的で向こう見ず

楽天

私の人生を一口でいうなら「楽天的」という一語に尽《つ》きると思う。また私の性質を一口でいうなら、それも「楽天的」ということになるだろう。六十八年生きてきて、つらつら過ぎし日々を顧《かえりみ》ると、楽天的であったからこそここまで生きてこられたのだとつくづく思う。

楽天的で向こう見ず。

これが私の人生の特徴だ。

「楽天的な一生」といえば、一見、春の光に包まれているような暢気《のんき》な一生のようだが、実際には楽天家というものは苦労を浴びるように出来ているものである。楽天家は現実に対して用心をしない。人を疑わない。何でもうまくいくと思う。これをよくいえば「希望を失わない」ということになるのだが、それはまた同時に「アホ」といわれることにもなるのである。

私はよく遠藤周作さんから、「君は苦労したのに、ちっとも苦労が身につかんなア」といわれた。私の四十代は惨憺《さんたん》たる苦労が次々に襲ってきた時代だが、その苦労の半分は自分で作った苦労であったことに今になって気がついた。火事で我が家が燃え出した時は人は逃げる。それが災難を出来る限り小さく喰い止める人の知恵だ。ところが私は燃えている家の中に濡れムシロを持って入って行く、というようなことを何度もしてきた。それも決死の覚悟を固めていくわけではない、大丈夫だろう、何とかなるだろう、と思って火事の中に入って行く。

苛酷な現実の火の粉を浴びて、こりゃかなわん、こんな筈《はず》じゃなかったと思うが、火の中に入ってしまったものはどうしようもない。あっちの火の粉を拂《はら》い、こっちの火を踏んづけ、夢中で走っているうちに気がついたら火事の家を突き抜けていた……。

「ほうら、抜けられたじゃないか」

と思う。その時はもう火の粉を拂った時の苦労を忘れている。だから「ちっとも苦労が身につかんなァ」ということになるのだろう。

賢者は、人間いかなる時でも平常心を失うなという。その通りだ、至言《しげん》だと私も思う。しかし私にはその「平常心」というやつがどんなものかわからないのだ。平常心とは「ふだんと変わらない落ちついた心」のことだろうが、私はふだんからそんな落ちついた心の持主ではない。ふだんから、「矢でもテッポでも持ってこい！」という心でいるものだから、何かあるとすぐ逆上してつっ走ってしまうのだ。だから外からやって来た苦労を、自分で倍にも三倍にもしてしまう。

しかしその厄介《やっかい》な気質のおかげで、まあまあ元気に人生への情熱を失わずに生きてこられた。私がなめた苦労の数々は、「ひとのせい」ではなく、自分が膨張させたものだと思えば、人を怨んだり歎《なげ》いたりすることはないのである。

私は今、株で大損をしているが、損や苦労が馴《な》れっこになっている私は、金の損などへとも思っていない。私をこんな楽天性に生んでくれた父母、その楽天性をますます増幅させてくれた「苦労の数々」に私は今、感謝している。

なりゆき任せ

最初で最後の血圧検査

健康法としてどんなことをしていますか、という電話コメントやインタビューの申し込みが、この頃多い。べつにこれといってしていることはないので、何もしていませんと答えると、では何もしていないのにこんなに健康だという話でいいからして下さいといわれる。

だが私は自分が健康かそうでないのかわからないから、そんなことは何もいえない。私は自分の血圧がいくつかも知らないのである。

初夏のある日、私は浴衣《ゆかた》姿で八百屋へ行った。その頃、私は日常、着物を着て暮していたのである。買物をして帰ってくる道すがら、しめていた半巾帯《はんはば》がほどけてきていることに気がついた。どこかで帯をしめ直したいが、道端に葱《ねぎ》やかぼちゃの入った籠《かご》を置いて帯をしめ直すわけにはいかない。ふと見るとそこはある医院の前で、その医院は患者が来ないので有名なのであった。あすこはいいですよ、待たなくても診てもらえるから、急ぐ時はあすこに限ります、という人がいるくらいで、待合室に人がいたためしがないことは私も知っている。それを思い出してそこで帯をしめ直そうと考えた。

扉を開けるとすぐ待合室になっていて、案の定、誰もいない。シメシメと思って買物籠を床に置いた途端に小窓が開いて、お医者さんが覗《のぞ》いた。

「どなたですか？」

仕方がない。とっさに私はいった。

「あのう、血圧を測っていただきに……」

「はい、どうぞ、こちらへ」

やむなく診察室へ通って血圧を測ってもらい帯をしめ直した。それが七年ほど前のことで、血圧を測ったのはそれが最初で最後である。

「ちょっと低いようですが、大丈夫でしょう」

といわれたことを憶えているが、数は憶えていない。帯をしめ直すことに夢中で聞いていなかったのである。そんな私にどうして健康法が話せるだろう。

その時、ついでにコレステロールの検査もしましょうと血を採《と》られた。数日後、コレステロールが三〇〇いくつかある、要注意という葉書がきた。あなたの場合は食物よりも運動不足が原因と思われます。毎日欠かさず散歩をするのがよいでしょう、とあり、お医者さんのご親切に私の胸はチクリと痛んだ。何しろ私の目的は帯をしめることにあったのだから。だがチクリと痛みつつ、散歩はしていない。

死ぬ時が来れば人は死ぬ

私も六十八歳。いろいろ調べれば悪いところはあちこちにあるだろう。それが当り前である。そのうち、ある日、「ああ、やっぱり……」という日が来ることは確かだ。それが一年先か十年先かはわからないが、必ず来ることを私は覚悟している。

「来年ならスケジュールが空いていらっしゃると思いまして」

といって講演依頼が来ることがあるが、スケジュールなんか、ひと月先だって今月だってガラガラなのだ。だが半年以上先の講演を私は受けない。

「その頃は生きてるか、大病しているか、死んでるか、わからぬ」と思うからで、私の「覚悟」は決して観念的なものではないのである。

人はいつか病み衰えて死ぬのだ。どんな健康法を実践したところで、来るものは来る。健康法を実践したから長命ということはないだろう。長命な人は「自然に逆らわずに生きた」ために長命なのにちがいない。健康法のおかげで癌《がん》を防いだとか、癌の苦痛が全くないのはあの健康法のおかげです、ということがあるのならともかく、何をしていても癌になる人はなる。なる時はなる。死ぬ時が来れば人は死ぬのである。

こういう私はおそらく、今の世では常識なしなのだろう。つける薬がないとはこういう人のことをいう、と知人はみないう。

健康法は「いつまでも元気に生きるための知恵」である。だが私はいかに上手に死を迎えるかということの方が大事になってきた。子供が幼い頃は、この子のために長生きしなければならないと考えていたが、子供が巣立った後はべつに長生きをしなければならないという切実な気持はなくなってきた。

子供を育てる間は自分の楽しみを後廻しにしてきた。だからこそ、これからは自分の楽しみを楽しむんです、そのためにこそ励んできたのではないの、という人がいる。だが私には情けないことに老後の楽しみなんて何も見当らないのである。おいしいものも食べたいと思わないし、物見遊山も疲れるばかりだ。そんな私にどうして健康法が必要だろう。

自分を自然に任せきること。この「自然」を「神」と考えてもらってもいい。未練執着を捨て迷わずに自然の意志に添うためには、健康法は邪魔なばかりなのである。

ヤバン人の独り言

気絶をくり返す治療法

六十八歳の今日まで私が入院したのは出産の時くらいなもので、そういうと人はずいぶん丈夫なのですね、と感心する。だが考えてみると丈夫なのではなく、単に病院がイヤで入院しなかっただけだったことに気がつくのである。

当今は実に簡単に入院する人が多い。まるでちょっと旅行してました、とでもいうように、入院してました、というのに私は驚く。入院は私にとって生きるか死ぬかの瀬戸際、おそらくは自分の意志を働かせる力がなくなり、人の意志で運ばれる時であろうと思っている。

二十年ほど前、私は胆嚢炎《たんのうえん》で苦しんだ時期がある。胆嚢に石が溜《たま》り、炎症が起きて夜中になると激痛に襲われた。旅行先でも何度か苦しんだ。はじめは疲労のための胃の痛みだと思っていた。それで胃薬を飲んだかというとそれが飲まなかった。私は病院が嫌いであると同時に薬も嫌いなのである。

それではどうしたかというと、ただひたすら痛みに耐えた。深夜の激痛は耐えるほかないのである。耐えることが出来ないとなれば救急車の厄介《やっかい》になって病院行きだ。それを思うと我慢しようという気になった。

その頃、私は娘と家事手伝いの三人暮し。娘は中学生だった。娘は二階の私の寝室の隣に寝ており、家事手伝いは階下にいる。その激痛は隣室の娘を起しにも行けないほどのものである。ただ虫のように丸まって、身動きも出来ない。たとえ娘を起すことが出来ても、中学生の娘はただうろうろして心配するだけである。薬ギライの私には主治医がいない。たとえいたとしても冬の深夜に往診に来てくれとはいいにくい世の中になっている。

　そこで丸まって痛みに耐えている。そのうちいつしか眠ったとみえて、はっと気がつくと痛みは遠のいている。「いつしか眠った」と思ったのはどうやら「気絶」というものらしいことにそのうち気がついた。つまり気絶することによって私は胆嚢の痛みを乗り越えていたのである。

　この話を人にすると、人はみな呆《あき》れ返る。遠藤周作さんからは「君はヤバン人か」といわれ、遠藤さんの強《た》っての勧めで胆嚢専門医の所へ仕方なく行った。いろいろ検査や治療を試みた結果、手術のほかに手だてなしといわれ、手術となれば入院しなくてはならないので二度と顔を出さず、そのまま気絶をくり返しているうちにいつしか痛みはおさまり、今日に到っている。

　胆嚢は癒《い》えたわけでは無論なく、バクダンを抱えているようなものなのであろう。このバクダンはいつ爆発するかしれないが、あるいはこのまま私が死ぬまで爆発せずにいてくれるかもしれない。

偉大なり、自然治癒力

胆嚢の痛みがくるようになってから、私の食物に対する嗜好は激変した。それまでは肉食を好んでいたのだが、牛肉など年に二回か三回、人の招待でやむなく食べるだけ、自宅では肉料理は一切しなくなった。その代りに大根おろしの中毒ともいうべき状態になり、朝、昼、晩、ご飯は食べなくても大根おろしだけは食べたいというふうになった。大根おろしのほかにはもうひとつ、昔は大キライだったトマトが好きになり、来る日も来る日も大根おろしとトマトばかり食べている。友人にすし屋へ連れて行かれても大根おろしを注文するという有様である。

動物には自然治癒力というものがあって、野生動物はみな、自分の力で病や傷を癒《いや》している。人間も「ヤバン人」であった頃は自然治癒力というものが旺盛だったにちがいない。科学の進歩で人間（ばかりでなく、この節は犬や猫も）の自然治癒力は磨滅してきていて医薬に頼らなければならなくなっている。そうして医薬に頼ってばかりいると、ますます自然治癒力というものは失われてしまう。

私の胆嚢が鎮静しているのは、私の内なる自然治癒力が大根おろしとトマトの偏食へと導いてくれたおかげだと私は思っている。

「もういい加減に佐藤さんもヤバン人を卒業した方がいいですよ」

と人は忠告してくれる。

「年をとってヤバン人でいつづけるというのはたいへんなことでしょう。二十年前はエネルギーがあったから、気絶して事がすんだ。しかし七十歳に近づいてきた今はムチャはいけません。ムチャは命を縮めるもとですよ」と。

「そうね、確かにそうですね」

素直に私は答える。確かにその通りであろう。この次病気になった時は、きっと医薬に頼ろうと思う。

私は今、花粉症の真っ最中でこの原稿を書きながらも机のまわりは洟《はな》を拭いたティッシュの山。屑籠《くずかご》に入り切らずに溢《あふ》れたティッシュが山になっているのである。

「この次病気になった時は医者に頼ろう」

と思っていたにもかかわらず、「けれど、たかが花粉症だからなァ」と思ってしまう。花粉症で死ぬことはあるまい。余病を併発することもあるまい。時が経てば自然に消えていく病気である。ならばその時が来るまで我慢しよう……。そう思ってしまう私である。

目からはとめどもなく涙が流れ、拭いても拭いても乾く間がないので、瞼《まぶた》は腫《は》れ上ってよく見えない。鼻はヒリヒリを通り越して熱をもっているようだ。友人はそんな私を見て、

「あなたっていったい、マゾヒスト？」

といった。

ああ、何という情けないことをいわれるものかな。我慢強い人、克己《こっき》の人となぜいってくれぬ。そういうと更にこういわれた。

「ただガンコなだけよ。厄介な人」

奇術曲芸

ハイド　ハイドウ　パカ　パカ　パカ

連載エッセイのタイトルを考えようとして、ぼんやりと窓の外に目を向けていたら、

「ハイド　ハイドウ　丘の道」

という歌がふと聞えた。

その声はどこから聞えてきたのか、近所で誰かが歌っていたのか、それとも聞えたような気がしただけで、自分の内なる声だったのかよくわからない。だが、ふと、

「うん、これにしよう！」

と決めてしまった。すぐ担当のSさんに電話をかけ、

「ハイドハイドウ丘の道、というタイトルはどうでしょう？」

といった。早く決めてしまわないと、ぐずぐずしているうちに迷いが起きて、折角のっている気持が消えてしまい、また一から考え直しはじめて、ああでもない、こうでもないと悩むことになりそうな気がしたからだった。

「ハイドハイドウ丘の道？　……どういう意味ですか？」

案の定、Sさんはそういった。訊《き》かれると困るなあ、と思っていたところだった。訊かれてもとりたてて説明出来るような意味は何もないのだ。ふと、そんな気になっただけなのであった。

人の名前、犬猫の名前、名前というものはすべて、何かの意味、象徴でなければならないことになっている。私の名前「愛子」は「すべての人に愛されるように」

という願いによってつけたものだと父はいっていた。しかし、父の願い通りにいかなかったことは衆目の一致するところである。私の祖父は、孫の一人に「きね」という名をつけた。その母親が臼《うす》のように太っていたので、臼の産んだ子だから「杵《きね》がよかろう」ということになったのだ。そんなふざけた名づけ方をする人間もいるのだが、それとてもちゃんと意味を持っている。もしも「パピプペポ」という名前をつけたなら、ふざけるにもほどがあると叱られるだろう。同じふざけていても「きね」にはそれなりの意味があるから叱られない。

昔のアイヌの人たちは赤ちゃんに「ウンコのかたまり」とか「古糞」という意味の名前をつけた。なぜそんな汚らしい名前をつけたのかというと、赤ン坊というものは誰が見ても本当に可愛く思うものであるから、神さまだって同じように可愛く思い、可愛さのあまり悪戯《いたずら》をしたくなったりして、その神さまの思いが赤ン坊の命を取ることがある。アイヌの人たちはそう考えて、だからわざと汚い名前をつけた。そうすれば神さまは見向きもされず、悪戯されることもなく無事に育つと考えられたのだ。ちゃんとした名前は七歳くらいになってから改めてつけられたという。「ウンコのかたまり」という名前だってそういう重大な意味を持っているのである。

いい加減か、イジワルか

小説やエッセイのタイトルは、その作品の名前みたいなものであるから、内容、あるいは作者の意図を伝えるものでなくてはならないということになっている。かつて私は連載小説のタイトルに困って、『虹が……』とつけたことがある。

これもせっぱつまって思いつくままにつけたもので、従って何の意味もなかった。しかし世の中には真面目《まじめ》な人がいて、連載中、

「『虹が……』の『……』のところにはどういう言葉が嵌《はま》るんですか？」

と訊かれて困った。

「出まかせですから、わかりません」

と本当のことをいっても相手は信じないで、

「あら、あんなことおっしゃって。イジワルねえ」

いい加減な人ねえ、ではなく、イジワルにされてしまった。仕方なく何か締めくくりをしなければ、と思って、連載最終回のラストにこう書いた。

「その時、丘の真上の雲が切れて、弱々しい冬の光が雪を被った大屋根に射した。丘が明るみ、別荘は光の中に浮き上るように見えた。まるでそこから春がくるかのように。

そのもの悲しいほどに淡い光の上に、その時、カズオは虹がかかるのを見たような気がした。(完)」

これでいい加減にタイトルをつけた責を辛うじて果したつもりだった。

間もなく『虹が……』の意味をしつこく訊いた人から手紙がきた。

「最終回の最後の一行、ジーンと心にしみこみました。虹は実際に空にかかったのではなく、カズオはそれを『見たような気がした』だけなのですね。そこのところに何ともいえない余韻を感じました。この最後の一行を目ざして、作者は一年間、物語を展開させてきた。その時からずーっと、常にこの最後の『虹』は作者の頭の中にかかっていたのですね！　創作の機微に触れた思いです……」

こういわれると、ただモジモジ赤面するしかない。とっさの回転レシーブで急場を凌《しの》いだ、という思いでほっとしていた私である。

「すみません」

というしか言葉はない。時々私は自分を奇術師、曲芸師、あるいは詐欺《さぎ》師のように思う。

軽やかに暢気《のんき》に生きる

ところで「ハイドハイドウ丘の道」にもまた、何の意味もない。「ハイドハイドウ丘の道」でなくても「パピプペポ」でも「ヤイユエヨ」でも一向にかまわないのである。サトウハチローは「リンゴの気持はよくわかる」と歌った。

「リンゴの気持って、どんな気持ですか？」

と問われて答えに困り、

「それは並木路子に訊いて下さい」

と逃げた。若い読者のために注釈をするなら、並木路子は「リンゴの唄」を歌った歌手である（あーあ、こういうことも書き足さなければならないんじゃないか？と思ったりするというのも時代の流れ、しんどいなァ）。

しかし私の方は誰かに訊いて下さいとはいえないので、そこで改めて考えた。

折しも秋晴れの日曜日。世間はやれ運動会、やれドライブ、やれ日本シリーズ、やれゴルフと、秋を満喫するために家を外にしている一日だ。外出嫌いの私は相も変らず家に閉じ籠《こも》って、書斎の窓から庭を眺めながら、夏を過ぎてきた庭の樹々の、繁るに委《まか》せたままに凋落《ちょうらく》の季節を迎えた光景に我が姿を重ね合せていた。そのうちに、

「ハイド　ハイドウ　丘の道」

とまたいつか口ずさんでいて、私の目の前には碧《あお》い大空、輝く白雲、牧場の中の緑の丘がひろがり浮かび、

「ハイド　ハイドウ

パカ　パカ　パカ」

馬の背に揺られて、のんびりと丘に登って行く自分の姿を想像していた。考えてみれば一瀉千里《いっしゃせんり》という趣《おもむき》で山越え谷越え走り抜けてきた我が半生だった。このあた

りで肩の力を抜き、

パカ　パカ

パカ　パカ

軽やかに暢気にやっていきなさいという、あの声は神さまの囁《ささや》きだったかもしれない。

――と奇術曲芸の腕を振るって、無事連載の第一回は通過したのであった。

幸福によって闘う

負ければ負けるほどしつっこくなる

「人は一日に何回ツキが変るか」、というテーマの原稿依頼を受けた。一日というのは一生という意味でもあります、と担当者はいう。悪いツキが何回良いツキに変ったか。どうやって良いツキに変え得たか。そんなことを書いてほしいという。

そういわれても、私には書けない、と私は答えた。生れてから一度も私はツキということについて考えたことがない。編集部がそんなことを私に書かせようと考えたのは、おそらく私が浮いたり沈んだり、マイナスかと思えばプラス、プラスと思えばマイナスという人生を送ってきた人間であるためだろう。

確かに私は女にしては波瀾《はらん》の多い人生を生きている。だが襲ってきた苦労を、何とか打開しようと考えて努力したことは実は一度もなかった。私はただ、苦労を仕方なく受け止めただけである。それから逃げることを考えなかった。ただそれだけのことなのだ。

しかし、こういうことはある。マージャンや花札をやっている時、勝つ筈《はず》がないようなヘタクソがやたらに勝ちまくったり、そうかと思うと今まで勝っていたのが急に負けがこんできたりするのを経験すると、やっぱりツキというのはあるわねえ、と思ってしまう。だがそれだけのことである。ツキが落ちてきたから、この落ちこみを変えるためにひとつ休んでみようか、とは思わない。勝てば調子にのってとことんやりつづけ、負ければ負けるで勝つまでやる。ひと頃、私は娘相手にオセロゲームに熱中したことがある。娘は宵《よい》の口から夜更《ふ》けまで私の相手をさせられ、

「負ければ負けるほどしつこくなるのねえ」

と呆《あき》れていた。そのうち娘はやめたい一心からわざと負ける。私は忽《たち》ちそれを見破り、ますますやめられなくなった。

ツキがいいも悪いもない。それが私のやり方なのである。

いかなるマイナスにも動じなくなるまで

十年ばかり前から私は株の売買を始め、損ばかりしてきた。なぜそんなことをするんですか、佐藤さんという人は坐して儲《もう》けることなど排撃している人じゃなかったのですか、と人にいわれ、私は一言もない。

「株なんておやめなさい。あれは損をするものと決ってるんですから」

と親身になって心配してくれる人もいる。それはわかっている。株などやるなというのは我が母の遺訓だった。にもかかわらず私は母の遺訓を黙殺して株を始めたのである。

ある年の暮、たまたま躁病《そうびょう》中の北杜夫さんから電話がかかってきた。いいことを教えてあげる。宇部興産の株を買いなさい、年明けの一番で買いなさい。忽ち暴騰するから、というのだ。それまで私は株というものに全く興味がなかった。母の遺訓のためばかりでなく、よろず面倒くさいことは出来ないタチなのである。だからいくら儲かるといわれても何の気も起らなかったのだ。

ところが二、三日多忙を極めた年末が過ぎて正月がくると（「仕事の手が空いた」という状態に馴《な》れていない）私は、手持無沙汰《ぶさた》になってふと北さんの言葉を思い出した。預金通帳を開いて眺むれば、もう何年も汽車のポイント切り換え駅みたいなものであった通帳に若干の金が溜《たま》っている。そこでムラムラと「ではひとつ」という気が起ったのだった。

年明け早々、宇部興産を買った。翌日新聞の株式欄を見たが宇部興産とはどこの欄に出ている会社かもわからないという有様だった。何を造り、どんな内容かも知らない。やっとありかを見つけて毎朝、楽しみに見た。ところが日を追う毎《ごと》にジリジリと下っていく。一日といえども上ったことがない。私は怒って売り払い、残った金で（もう信用しない、といってるくせにまた北さんのいうままに）宝酒造を買い、それまたジリジリと下っていった。

それが今日に到る損の道の始まりである。損に損を重ねるために私はやめることが出来ない。株は私にはオセロゲームと同じなのだ。

いったい、どれくらい株で損をしているのかと訊《き》かれるが、計算したことがないから私にはわからない。今、株価は暴落している。だから私は新聞の株式欄を見ない。見なければ損の実感がない。実感がないから私は平気である。暴落している時は忘れていることだ。上ってきたよ、という声を聞いてから新聞を見ればいいのだ。やめてしまわない限り、損をしたか否かの答えはないのである。今は損をしているけれども、やめずにつづけていればいつかは取り戻せる――。

そう思えるようになったのはこの二、三年のことで、それまでは激怒の日、落胆悲歎の日をくり返していた。損をするたびに「なにくそ！」と思う。この「なにくそ」が私を前へ前へと進ませていた。怒ったり落胆したりはしていたが、後悔反省したことはない。

そのうちに私は損をすることに馴れてしまった。いつか私は損をしても動じぬという心境に近づいていった。まことに株は人生修業の場なのであった。いかなるマイナスにも動じない。それこそ私が理想とする幸福の境地なのである。

儲かればよし、儲からねばそれもよし。

私にとって株は商店街の歳末福引で当るか当らぬかの楽しみと同じようなものになったのである。

「男運が悪い」というより「男の運を悪くする女」

私は過去に二度結婚し、二度とも破綻を見た。最初の結婚の破綻は夫の麻薬中毒のためであり、二度目は夫の破産が原因である。はじめの夫との間には二人の子供がいたが、その子供を婚家先に置いて私は出た。昭和二十四年といえば、離婚は女の恥、悪徳と考えられていた時代である。

生れてはじめて私が「力」を振るったのがその時である。世間は私が妻として当然負うべき義務、妻の道、苦労から逃げたといった。確かに私は「逃げた」のだった。その現実の中に闘い克服するべき対象が見つからないことに私は絶望していたのである。中毒を治す意志を持たない男に、どうしてその意志を持たせるか。私にわかっていることはただひとつ、最後は「愛の力」だということだった。だが私は夫への愛を失っていた。意志を持てない人間を私は嫌ったのである。婚家先は資産家であったから、辛抱する気になれば（たとえ夫が廃人になろうとも）生活の安定だけは約束されている、とアドバイスする人がいた。敗戦の荒廃の中でいったい何をする気なのか。何が出来るのか。将来の展望は何もなかった。しかし私はすべてを捨てた。先のことなど何も心配しなかった。

私の作家への道はそこから始まり、約二十年の後にやっと小説で生活が出来るようになったのだが、これを行動力でもって「悪いツキ」を「良いツキ」の方に向けたとはとてもいえない。そういうには二十年の歳月はあまりに長過ぎる。しかもその間に私はもう一度結婚し、夫の倒産破産という形でその結婚も破綻したのだ。

余談だが、ある時「私は男運が悪い」とこぼしたら、遠藤周作さんはこういった。

「君は男運が悪いんやないよ。男の運を悪うする女なんや」

その考え方は私の気に入った。男運が悪いというと、なにかこう受身の、消極的な人生が浮かぶが、男の運を悪くする女といえば積極的な強い力を感じるではないか。私はすべてにそういう考え方が好きだ。

夫の破産によって私が蒙《こうむ》った借金返しの日々が始まった。倒産者が姿を暗《くら》ますというのは、そうした場合の常道らしく夫は忽ち姿を消した。だが私には逃げる場所もなく金もなく、老母と子供を抱えているので家にいるしかない。借金取りがやって来て亭主はどこにいるかと訊く。そんなもの知らん、と答える。出来れば一緒に捜したいくらいだが、忙しいからそっちで捜してくれといった。債権者は仕方なく腹イセに夫の悪口をさんざんいう。私も一緒になってクソミソに夫を罵《ののし》った。

「だいたい、あの男に金を貸すなんて、あなたも悪いわ。金貸しとしてまだまだ一人前じゃないわね」

と私がいうと男は、

「奥さんも男を選ぶ目がなかったんだな」

と応酬した。

そんな日々の中で私には少しずつ力が湧《わ》いてきた。なぜかものすごい苦労の真っ只中にいるという自覚がなかった。逃げ隠れしているよりも、そうして応酬している方が私の性に合っているようだった。

「外套ぐらいにしかわれわれ自身にかかわりのない幸福がある。遺産相続とか、富くじに当るとかのたぐいである。名誉もこの同類である。得ようとして得られるものではないのだから。しかし、われわれ自身の力に依存する幸福は、これに反してわれわれと一体になっている。羊毛が緋色《ひいろ》に染まる以上に、幸福はわれわれの体を染める。難船から逃れてまるはだかで陸に上り、《わしは全財産を身につけている》といった古代の賢人がいる。こういうぐあいに、ワグナーはその音楽を、ミケランジェロはその描き得た崇高な画像の一切を、身につけていたのである。ボクサーも、彼の拳《こぶし》や脚の練習のすべての効果を、冠《かんむり》や金銭をもつのとは別なふうに身につけている。もっとも金の持ち方にもいろいろあって、いわゆる金もうけのうまい人は、無一文になった時でも、自分自身という金をまだもっているのである」（宗

左近訳）

私はアランの『幸福論』の中のこの一節を、何度も読み返しては自分を力づけてきた。

「われわれ自身の力に依存する幸福は、われわれと一体になっている」

私は「めげずに生きようとする力」を自分の財産にしようと思った。そしてそれを私の幸福とする――。そう思うことによって、私は元気を失わずに生きてきたのである。

生活についての知恵、常識を持っている人から見れば、私の生き方は無謀なものにちがいない。私の生き方を語ったところで誰の参考にもならず、いや人によっては全く理解不能かもしれない。私はただ、自分の気質が選ぶところの道を歩いてきただけなのだ。おそらく私は度し難い楽天家なのである。私の中には向こう見ずな一生を生きた父の血が流れている。生れた時から二十年ばかりは父母の愛に守られて私の中に眠っていたその血は、苦難を迎えた時に一どきに沸《わ》き立って私の中を駆けめぐりはじめたのだろう。

明治三十七年の年の暮、私の父は金儲けの目論見《もくろみ》が外れて借金の山。どうやって年を越すかに苦しんでいた。父は岩手の久慈《くじ》海岸に埋没しているといわれている石炭を掘り起し、その儲けで時の政府を弾劾する新聞社を興そうとして失敗したのである。

そんな大晦日《おおみそか》の夜、父は遠くの酒屋から（近くの酒屋では借金が溜っているので）四斗樽を運ばせて玄関の正面に据え、借金取りが来ると四斗樽から酒を汲んで飲ませた。

「いよいよ、事業《ヤマ》は当って来年はいい年になりそうだ。前祝いに一杯やってくれ」

借金取りたちは喜んで酒を飲み、借金を来年廻しにして機嫌よく帰って行ったという。

そんな父の人生の一端にも私は励まされた。どうやら「負けるまで戦う」というのが父の人生観であったらしい。いや、人生観などというものではなく、それはどう鎮《しず》めようもない人生への情熱だったのだろう。

倒れようとする英雄にも幸福はある

人が×日までこれこれの金を貸してほしいといってきた時、いわれるままに貸すのは友情が壊れるもとだから貸してはならない、という常識が世の中にはある。だからそういう時は、先方の必要な金額の半分くらいを「あげる」のがよい、と。

私は単純で信じ易い人間である。だからいくらそれが賢いやり方だといわれても、半分与えてサヨナラということが出来ない。相手は×日に返すといっているのである。そういっているからには、私はそう信じたい。それをアタマから疑ってかかって、返さない場合のことを考えて半分出し、

「これはあげます。返さなくていい」

など、どうしてそんな無礼なことがいえようか！　そんな工作をするくらいなら、はじめから「金はあんたには貸したくない」といって断った方がなんぼか気持がいいのである。幾つになっても私の日常が平穏でないのは、私のそんな気質のためであることは自分でもわかっている。私はこの性格のために何度人から欺《だま》され、盗まれ、損をしてきたか知れないのである。だがそれがわかっていても私は私の信じ易さ単純さを改めない。改められないのではなく、改めようと思わない。人は信じないかもしれないが（あるいは負け惜しみだと思うかもしれないが）、私はそれを人生修業のひとつだと思うことにしている。あえていうならそれが私流の「悪いツキを良いツキに向ける」向け方なのだといえるかもしれない。大事なことは貸した金が返ってこなくても、「気まずくならないこと」ではないか。彼がそれを憶えている限り、いつか返しに来るだろう、と私は思うことにしている。株をやりつづけている限り、いつかは損を取り戻せると思っているように。

なぜそう思えるのかと訊かれても、ただそう思うのだというほかうまい説明が出来ない。永久にそのままだったらどうするの？　と人は訊く。どうするもこうするも、死んでしまえばすべてが消えるのである。

――ああ、やっぱりダメだったなァ。

と思って死ぬだけだ。それを無念、口惜しいと思いさえしなければそれでいい。そんなことは忘れてしまっているのが一番いい。

まことに人間万事塞翁《ばんじさいおう》が馬だ。禍福《かふく》は糾《あざな》える縄の如しだ。不幸な結婚は私を作家にしてくれた。借金は金への執着から私を解き放ってくれた。思うに委《まか》せぬ現実に突き当ることによって、私の価値観は少しずつ変って行った。おそらく生きようとする私の本能が私をそうさせたのだろう。私はいつでも上機嫌《じょうきげん》でいたい人間である。憤怒《ふんぬ》する時でさえ、私は上機嫌で憤怒する。上機嫌で憤怒するという芸当を薬《やく》籠《ろう》中のものにするには、余計な情念、怨みつらみは捨てなければならないのである。

私は苦労の中で上機嫌に生きるために楽天家になった。楽天家になったことが更に苦労を増やし、それが更に私を楽天家にした。今は苦しくとも生きつづける限り、必ずいい日は来ると私は信じて生きている。

「完全な意味でもっとも幸福な人とは、着物を投げ捨てるように、別の幸福を船外に適切に投げ捨てる人である」

とアランはいっている。

「だが彼は自分の真の宝物は決して投げ捨てないし、またそういうことはできるものでもない。突撃する歩兵や、墜落する飛行士でさえもそういうことはできない。彼らの内心の幸福は、彼自身の生命と同じく彼ら自身にしっかりと釘で打ちつけられている。彼らは、武器によって闘うように、幸福によって闘う。倒れようとする英雄にも幸福はあるとの言もここから来ている」

　これが私が目ざしてきた幸福の境地である。

「武器によって闘うように、幸福によって闘う」

私はこの言葉が好きだ。

「倒れようとする英雄にも幸福はある」

願わくば私の残る人生がそんな幸福で支えられますように。

まずはめでたし

当今、女の人は老いも若きもみな元気ですね、この元気のもとは何ですか、と訊《き》かれたが、女はもともと男よりも強く、耐久力があって元気なものだったと私は思っている。

明治以後、男社会が企《たくら》んださまざまな抑圧が女性から元気を奪っていただけで、戦後女性は解放されたことによって本来の姿に立ち戻っただけではないのか。

敗戦後の日本人の日常生活を支えたのは、男ではなく、今はババタリアンとなりし我らの力だった。それまではないと思っていた力が出てきて、十キロの芋を背負った上に両手に小麦粉、米などを提げ、取締り官の目を逃れんと、あっちに走りこっちに逃げ、汽車の窓から乗り降りして獅子奮迅《ししふんじん》の働きをして子供を育てた。

その時、男どもは何をしていたか。中には懸命に日本再建に努力した人もいただろうけれど、私の知る限りでは男はたいていボーッとしていた。一杯の酒にありつくために行列に並んだりしてフヌケになっていた。同じ行列に並ぶにしても女は家族の胃袋を満たすために並んだのである。

女は鈍感だから、戦争に負けても平気で力を出せたのだ、という男性がいる。男はデリケート、精神的な存在であるから敗戦という現実にショックを受けたのである、と。そうかもしれないが、とにかく女は渾身《こんしん》の力であの苛酷な現実を生き抜いたのである。

以来、女性のエネルギーは社会の条件によっていよいよ増幅され、私の友人は「孫の面倒を見るのが老後の楽しみで」といったために、「あらまあ、どこかお悪いんですか？」と病人にされてしまったという。かつては苛酷な現実と戦うため湧出したエネルギーは、今は、楽しむために費されるようになった。

だがその一方でエネルギーの調節がうまくいかず、その元気の良さがはた迷惑、という場合もあるが、しかし女が天下をとる日も近い今日この頃、とにもかくにもまずはめでたいというべきか。

チンパンジーのくり言

歯は欠けぬ　六十六歳

さくらんぼを食べなければよかったのだ。居間のテーブルの上に、洗いたてのさくらんぼが赤々と光って盛り上げられていたので、つい通りすがりにひとつ抓《つま》んで口に入れ、噛んだ途端にガリッときた。さくらんぼの種を割ったのかと思ったら、奥歯が欠けたのだった。

欠けて尖《とが》ったところが舌の横腹をこするので痛い。翌日にはそこがすっかりただれてしまっていた。

「桜桃を齧《かじ》れば

歯は欠けぬ　六十六歳」

その夜、たまたま酒の席があって、ホステスが色紙を持ってきたので、そんなことを書いた。相手は怪訝《けげん》な顔で何ですかという。かくかくしかじかと説明をし、

「ついに一巻の終りよ」

と自嘲した。考えてみれば右の目の白内障が進行していることに気がついた時も、

「ついに一巻の終りです」

といったことがあった。そういえば女の生理がうち止めになった時も、そういったような気がする。

「ついについに」といいつつ、いったい幾つまで生きて、正真正銘の「一巻の終り」になるのか。その一巻の終りは、どんな様相の「終り」なのか想像がつかないのが不気味である。

病院のベッドで「ついに一巻の終り」と呟《つぶや》いて、終ったかと思うとまだ終っていなかった、終りかけているのに、やれ点滴に強心剤を入れろ、やれ酸素テントだの何だのと延命されて、自分でもいったい「一巻の終り」やら何やらわけがわからぬままに少しずつ壊れていくのは困るなァと思う。

だがいくら困るといっても、さっぱりと死んでいけないのが時代の進歩のしるしであるから、ジタバタしてもしようがない。死は神の御手《みて》にある筈《はず》だったのが、今は医師の手にある。何ともナンギな世の中に生れ合せたものだ。

老人を無視する時代

去年、一人娘が嫁いで、私は一人暮しのばあさんになった。一人ぼっちになったら寂しいだろうから、といって嫁ぐ時、娘はビデオデッキを置いていった。そして映画館へ行くのを億劫《おっくう》がる私のために、ビデオテープをいろいろ送ってきてくれる。私自身もテレビの見たいものを録画しておきたい時がある。娘がいた間はそれは彼女の役目だった。だが今は私が自分で操作しなければならない。ところがそれがわからないのだ。嫁ぐ前、娘は何度もそれを私に教えていった。だが実際にやろうとすると、何が何だかさっぱりわからなくなっているのだ。

仕方なく私は娘に電話をかけて、教えてもらう。

その時はわかったつもりでいるのだが、十日ほど経つとまたわからなくなっている。そこでまた電話をする。

「またかいな」

娘は私をコケにする時に使う大阪弁《べん》でいう。しかしたび重なると、「またかいな」ともいわなくなる。

「あのねえ、いい？　まず、電源を入れる。いい？　入れた？　大丈夫ね？」

と子供あつかいだ。しかし怒るわけにいかない。一心に聞くが数日後にはわからなくなっている。

ああ、どうしてこんなややこしいものを造るのだろう。細かな文字でしかも英語ときている。ビデオデッキが置いてある場所は部屋の隅っこなので暗い。懐中電燈をつけてマジマジと眺める。突然赤ランプが消える。なぜ消えたのかわからない。仕方なく蠟燭《ろうそく》を立て、老眼鏡から虫メガネまで動員して、おそるおそるあっちを押したり、こっちを押したり。いい加減に押して、せっかく収録してあるものが消えては困ると思うと、押しかけた指もこわばるのである。娘は私のその姿を見て、オモチャを与えられたチンパンジーのようだといった。

今年、電気店の勧めで私は応接間に冷暖房両用という新製品を取りつけた。取りつけた時は冬だったから、暖房として使用するようになっていた。そのままにして春を越し、六月になって突然猛暑がきた。午後からの来客のために部屋を涼しくしておこうと考え、暖房用から冷房用に切り替えようとしてハタと困った。文字盤の字がゴマ粒だ。何としても見えない。手伝いの人を呼んだが、五十二歳の彼女にも見えないのである。

ああ、この豊かさと便利さを誇る時代の流れの中で、老人はかくも無視されているのだ。現代の産業はすべて若者に向いている。

折しもある企業のPR誌から電話コメントを求められた。

「楽しい老後を過すにはどうすればよろしいでしょうか。ひとつ、そのご意見を……」

「楽しい老後？　そんなものありません！」

そう答える口調はつい突っけんどんになっているのだった。

なるほど、赤ン坊とはよくいった

過去十五年、毎年夏を過していた北海道浦河《うらかわ》の別荘へ、今年は一日も行けぬままに秋を迎えてしまった。娘の出産のためである。七月二十二日頃が予定日だったので、その頃に生れれば八月の中旬には北海道へ行けると思っていた。

ところが待てど暮せど一向に生れる気配《けはい》がなく、やっと生れたのが八月十一日である。一週間の入院の後、十日ばかり我が家で面倒を見ればあとは手が離れると思っていたのが、ひと月経っても赤ン坊の世話に追われている。北海道の朝夕はもう寒くなってしまっただろう。

はじめてのお孫さん、可愛いでしょう、と人はいう。

「そうねえ」

と私は答え、この気持は可愛いというよりも「気がかり」といった方が正確ではないか、と考える。「可哀そうは惚《ほ》れたってこと」というから、「気がかりとは可愛いってこと」ということになるのかもしれないが、今のところ目も見えず耳も聞えず、ただ泣き、眠り、乳を飲み、ウンチとオシッコをするだけの「生きもの」である。これを可愛いというのかどうか、ようわからぬ。

出産祝いの人は赤ン坊を見て、「あら、なんて髪が濃いんでしょう！」とか「まあ、大きいわねえ。体重はどれくらい？」とか（三千七百グラム）、「やっぱり大きく生れると目鼻立ちがハッキリしてるわねえ」などというが、「可愛いわねえ」とはあまりいわない。たまに「まあ！　可愛い……」と声を上げる人もいるが、それは慣例としての挨拶《あいさつ》であろうと思われる。

赤ン坊は布団の上に寝かされ、これでもか、これでもか、というように泣いている顔は熟《う》れ柿のように真っ赤だ。

「なるほど、赤ン坊とはよくいった」

と私は感心して眺める。

私の生活のリズムはすっかり狂ってしまった。赤ン坊の泣き声が聞えると、気が散って原稿が書けなくなる。赤ン坊は泣く以外にすることがないのだから、泣くからといって気にする必要はない、といっていたのが、立ち上って見に行かずにはいられない。娘は産後の疲れと夜中の授乳で昼間はグウグウ眠ってばかりいる。いつの間にやら赤ン坊の世話は私の手にゆだねられてしまっているのだった。

そんな時に芝木好子さんが亡くなった。お通夜に行くと、佐藤さん、明日の葬儀では弔辞をお願いしますよ、といわれる。いや、それ、かんべんして下さい、とひたすら辞退した。三十年ぶりで赤ン坊を抱いて二階へ上ったり下りたりしているうちにすっかり腰を痛めてしまった。明日は整体の先生に予約を入れている。お葬式に間に合うかどうかもわからないような有様なのにどうして弔辞など読めよう。

「赤ン坊の世話に明け暮れて、とうとう腰にきたのよう」

というと、そのへんの人たちが一斉にどっと笑った。八木義徳さんやムッツリ右門という趣《おもむき》の青山光二さんまでニッタリと笑っておられて、どうやら私と孫との組合せは、不似合なイメージを人に与えているらしいことがわかったのである。

イメージはどうであろうと、私は一心に赤ン坊の面倒を見つづける。赤ン坊は一日に三十グラムずつ増え、泣き声はますます大きくなっていく。うるさいので私は赤ン坊を抱く。抱き癖がつこうと知ったこっちゃない。静かにさせたい。でないと気が散る。ものが考えられない。腰が痛くても抱く。だが泣きやんで眠ったからといって、すぐに原稿が書けるわけではない。机に向っても今に泣くんじゃないか、目を醒《さ》ますんじゃないか、おしめが汚れる頃じゃないかと思ってばかりいて、思考力も想像力も沈下したままである。赤ン坊のために原稿依頼を断るようになった。

もはや疲労困憊《こんぱい》のキワミである。

「赤ちゃんのことはママに委《まか》せて、あなたは知らん顔をしてればいいのよ」

と人はいう。多分、その通りなのであろう。私が面倒を見るものだから娘はいい気になってグウグウ寝てばかりいるのだ。ほっておけばいかにグウタラ娘といえども起き出して世話をするにちがいないのである。

それはわかっている。わかっているが、私は赤ン坊にかまけている。そして泣きしきる赤ン坊に、うるさい、黙れ、と怒っている。

私の快適

満六十八歳を何カ月か過ぎた私は、決してエネルギッシュに仕事をしているわけではない。だが外目にはエネルギッシュに見えるらしいところが私の悲劇的なところで、なぜそう見えるのだろうと時々考え込む。

多分それは声が大きく、損得考えずにいいたいことをいっている（書いている）ための世間の錯覚なのだ。常識的な人々にとってはあたりかまわずいいたいことをいうのにはエネルギーが必要なのであろうから。

私の日常はハンを捺《お》したように決っている。朝九時に起きる。朝飯ヌキ、朝刊も見出しだけ見てまっしぐらに書斎に入る。すぐ万年筆を手に取る。このテンポが狂うとよくない。贈られた本や雑誌を開いたりするとリズムが狂ってしまうので、仕事の前は決して手に取らない。朝の散歩などするとそれだけでもう一日の仕事が終ったような気になって、あとはグダグダと過ごしてしまうので散歩にも行けない。お客が来るとそれだけで一日がダメになる。午後から外出の予定があると、気が散ってもう書斎には入れない。

だがなぜか電話だけはいくらかかってきても、(原稿を書いている真っ最中であろうと)平気である。むしろそれは私の息ヌキの時間ともいうべく、その息ヌキによって午後の部、一時から五時までの執筆の緊張に耐えられるのである。

たまには会食とか、ショッピング、部屋の模様替えなどして気分転換をはかられませんか、などといわれるが、それらは全て疲労のもとであるからしない。芝居は時々見に行くが、半分は眠っている。

いったい何が楽しくて生きているのですか、と驚く人がいるが、べつに楽しさを求めて生きているわけではないから（人生は苦しいものだと思っているから）、今は特に問題にするような苦労がないことに感謝している。高級料理でなくても（自分で調理した）自分の口に合ったものを食べ、豪華でなくても優しい肌ざわりのものを着、好きな時間に風呂に入ってベッドに入る。寝たいだけ寝る。私が大切にしたいのはそれだけである。

自由を買う

「一万円で贅沢《ぜいたく》をして下さい」という注文をもらったが（しかし現ナマはくれない）、そもそも本当の贅沢というものは、金の高など考えずにパッと使うのが贅沢であって、一万円で、えーと、何を買おうか……なんて頭をひねること自体、すでに贅沢ではないのである。

今様紀伊國屋文左衛門を気どって、人を集めて札ビラを切るとしても、この札ビラ、千円札ならたった十枚である。

「それっ」

と勢いつけて撒《ま》いたところで、ヒラリ、ハラリと頼りなく舞い散ってそれでおし

まい。人々が四ン這《ば》いになって先を争って、

「ワーッ、キャーッ」

と拾うのを見て優越感に浸るというわけにはいかない。それでも十円玉にすれば一千個ある。一円玉なら一万個あるから、バラ撒くにはいくらか格好がつくかもしれない。歩道橋の上に立って、

「枯木に花を咲かせましょう。ソレッ！」

と叫んでパッと投げても、

「なんだい、これ……おや、十円玉だ」

「十円玉じゃしょうがねえな」

拾うのが面倒くさい、と無視されるであろう。一円玉なら尚のこと、それこそ風が吹いてきたら、風に乗ってどこかへ行ってしまう。

私は、はや六十路を半ば以上過ぎ、たいして欲しいものもなくなった。とくにお

いしいものを食べたいとも思わない。ご馳走は人に奢《おご》ってもらう。自バラを切ってまで食べたくない。着るものも、この節は世の中が派手になったから、三十代、四十代に買ったものを着ても、「ばあさんのくせに、あの格好、なに!」などと昔のようにいわれなくなったから、十分間に合うのである。

私が今、一番憧れている贅沢は、一人の侍女に大きな羽うちわでゆるやかに風を送らせながら、もう一人の侍女に優しく全身を揉《も》ませることである。映画の中のシャムの王様がやっているアレだ。王様には煽《あお》ぎ役と揉み役の侍女のほかに、果物を捧げ持つ侍女、竪琴をかなでる侍女、たいして用もないのにずらーっと並んで王様を見守っている美女などがいるが、私に美女はいらない。揉み役と煽ぎ役だけで結構だ。

だがこの贅沢の夢は一万円と何ら関係がないことはいうまでもない。そこで私は一万円を捨てようと思う。

「ふン！　こんなもん！」

そういってポイと捨てる。こんなメンドくさい一万円は捨てるのが一番だ。それによって私は私の自由を買う。

愚《ぐ》姉《し》愚《ぐ》弟《てい》

川上宗薫と私はまるで姉弟のように仲が良かった、という人がいる。恋人のように、ではない。親友というのともちがう。川上さんの親友といえば菊村到さんなどがそうだろう。一緒になっていろいろ、楽しいこと悪いことをしていたようだが、私は同性ではないからそういう「親友」にはなれないのである。

私は何かというと川上さんを叱ったり、ボロクソにいったりしていた。川上さんからは叱られたりボロクソにいわれたりしたことは一度もない。

「愛子さんは強いなァ」

といって川上さんは私に一目を置いていた。それは強い姉に太刀打ち出来ぬ弱虫の弟という趣だった。私に叱られることで、へんに安心していたふしもある。

ある時、川上さんは同棲していた女性に欺《だま》された。彼女は他の男の子供を身籠《みごも》り、それを「お腹に水の溜《たま》る病気」と川上さんをいいくるめた。川上さんがパイプカットの手術をしていたために、川上さんのタネだといえなかったからである。

お腹は日に日に大きくなる。出入の人はみないった。

「おめでたらしいですね？」

しかし川上さんはいった。

「ちがうんだ。腹に水の溜る病気なんだ」

あんなに水が溜ったら、とても歩いたりは出来ない筈《はず》だけどねえ、と私にいった人がいる。あれはどうしたって妊娠ですよ。しかし川上さんが水だといっているからには水なのだろう。私はいった。

「ちがうのよ、水の溜る病気なのよ！」

やがて彼女は腹の水を抜き取る手術をするといって病院に入った。そして数日後、もとの腹になって帰って来た。私と川上さんは医学の進歩に感心したものである。

間もなく彼女は養子を貰《もら》いたいと川上さんにいった。親戚に子供が生れたが貧乏で育てられないので貰って育てたいといったのだ。川上さんは承知し、その子に宗薫の宗の字だか薫の字だか一字を与えた名前をつけたそうである。

やがてすべてが発覚する時が来た。さる女性がその話を怪しんで、入院したという病院で調べた結果、男児出産の事実がわかったのである。

私は呆《あき》れていった。

「妊娠してたらオッパイの色だって変るし、どうして気がつかなかったのよ！」

すると川上さんはいった。

「オレ、浮気ばっかりしてて、あいつとやらなかったからなあ。オッパイなんて見てねえんだ」

「まったく、あんたって人は……」

と私は舌打ちをしたが、よく考えてみればこの私も「腹水病」の嘘を信じていたのであった。後で聞いたところでは、あの時、「水の溜る病気」を信じていた他人は私一人だったそうで、みんなは、「佐藤さんと宗薫さんだけよ、信じてるのは」といっていたそうだ。

歴史はくり返す

隣家の起床ラッパ

この地に住みついて足かけ三十七年になる。三十一歳だった私は六十八歳になり、その間娘が生れ、夫が去り、私はものを書いて暮す人間になり、そうして娘は嫁に行き、私は一人になった。

三十年余、坐り馴《な》れた書斎の窓から庭を眺めれば、木斛《もっこく》の大木の向こうに裏隣のT家の二階の窓が見える。T家は娘が生れた翌年に裏隣に住みつかれた。隣同士とはいいながら、ふだん行き来しているという間柄ではない。ご主人はどこかの重役さんで、ご夫婦の間に男の子さんが二人いるらしいことは、階段をダ、ダ、ダダーッと駆け下りるもの凄《すご》い音で想像がついた。そのうち、時々とてもきれいなお嬢さんを見かけるが、あれはどうやらTさんのお嬢さんではないかと手伝いがいって、そんならお嬢さんもいるんだな、と思った。T夫人とは道で行き合うと挨拶《あいさつ》を交す。その程度のつき合いのまま、三十年経ったのである。

その頃、二人の男の子さんは小学生だったか、中学生だったか、毎朝、

「Uスケ！　Rスケ！　起きなさいよっ！」

という夫人の声が聞えてきて、私はああ、始まった、起床ラッパが、と思いながらうつらうつらしていたものである。

子供部屋はどうやら二階にあるらしい。それでT夫人の声は必然的に大きく高くなる。

「Uスケッ！」

「Rスケッ！」

と次第に凄みを帯びていくのは、どこの母親にも覚えのあることで、これはまさに日本の母親の伝統的な朝のひとときというべく、時代はいかに変ろうとも、ただただ忙しさを一身に背負う母親の怒号、絶叫から一日が始まるものなのであった。

やがてダ、ダ、ダダーッと階段を駆け下りてくる音がし、早くしないと遅れるわよ、と叱声《しっせい》が聞え、その騒ぎが終幕近くなると、主人公のウガイが始まる。ウガイの声は「グヮーッ、ガーッ」と響きわたり、それをもって朝の戦闘は終りに近づく。やがて主人公の迎えの車が来て家の中は静かになり、洗濯機が廻り出す音が、平和の象徴のように聞えてくる。そこからT夫人の主婦としての第二幕が始まるのである。

我が家が大激動の時代に突入したのは、それから間もなくのことである。だがその激動の最中《さなか》も隣家では、

「Uスケ！　Rスケ！」

の起床ラッパが響いていた。美人のお嬢さんがいる筈《はず》なのに、女の子の名前が呼ばれたことがないのは、やはり女の子は手がかからないのだ、男の子を育てるって、ほんとにたいへんなんだなァ、とひそかに私は夫人に同情していたものである。

そのうち、ある日、私は隣家の起床ラッパが聞えなくなっていることにふと気がついた。我が家の激動がつづいているうちに、隣家の子息は成人し、怒らなくても一人で起きるようになり、社会人となったのである。我が家の激動の間に夫人の朝な朝なの戦闘は終りを告げていたのだ。

それから何年かして、ある日、隣家から葬式が出た。突然、ご主人が亡くなったのである。聞けばUスケくんは、勤務先の都合で地方住いとのこと。令嬢は結婚されたのか、次男も独立されたのか、隣家は一日中シーンと静まっている。夜になってもどの部屋にも明りがつかない時がある。私は書斎の窓からそれを見て、T夫人はどうしているかと気になってしようがない。しかし、今まで親しくつき合っていないのに、いきなり、

「ごめん下さい。奥さま、大丈夫ですか？」

と訊《き》きに行くわけにはいかないのである。気がかりが癖になってしまって、日が暮れると隣家の様子を窺《うかが》うようになった。時々、赤ちゃんの泣く声が聞えてきて、お嬢さんが赤ちゃんを連れて来ているのか、ああ、今日は賑《にぎ》やかでよかった、と一人勝手にほっとしている。

考えてみればあの起床ラッパの響きで始まっていた朝々。お隣の奥さん、たいへんねえと同情していたあの朝こそ、T夫人の最も充実した、幸せの時だったのだ。だがその時はT夫人も私も、それが幸せの時であるとは夢にも思わなかったのである。

血は争えない

そうして更に何年か経った。冬の間はお互いに縁側のガラス障子や窓を閉め切っているから、比較的物音や声は聞えない。春が来、やがて初夏になると、開け放った窓から微風と一緒にいろんな音や声が聞えてくる。おそらく私がいたずら電話に怒号している声も（これは戸を固く閉ざした冬でも聞えているかもしれないが）、娘への小言も、犬を叱る声も、原稿の締切りが遅れている謝りも、今夜は豚ジャガにしようか、などという相談までT家に聞えていることだろう。

「息子が本社勤務になったものだから、帰って来るのよ」

というT夫人の声を、ある日、私は聞いた。夫人の声は明るく大きい。喜びが溢《あふ》れている。

「それはよかったですねえ。奥さんももう寂しくないですねえ。ほんとによかった」

と相手の人がいっている。ほんとによかった、これでもう私もT夫人の孤独の夜々を心配しなくてもすむ。

そうしてやがて隣家は賑やかになった。息子さん夫婦には二人の男児がいる様子である。

ある朝、例によって朝寝坊の私が、うつらうつらまどろんでいる耳に、あの懐《なつ》かしい大声が聞えてきた。

「起きなさいよう……Uスケ、起きなさいったら起きなさい……」

何年か前の朝のあの起床ラッパだ。私は夢を見ているのか?

そうではなかった。呼ばれている名前はUスケ……と聞えたが、Uスケではない。スケがついているが、その上はよく聞えない。何とかスケだ。そしてそれはT夫人の声ではなく、T若夫人の声なのだ。

ああ、歴史はくり返される。

第一線を退いた将軍ともいうべきT夫人は、いかなる思いでこの若夫人の進軍ラッパを聞いていることか。T夫人の戦いはすんで日は暮れたが、再び新しい戦いが始まっている。これこそ最も健康的で真っ当な、日本の家庭の幸福の最中の姿であることは、しかし今、子育ての正念場という局面をしゃかりきに務めているT若夫人にはまだわからないであろう。

そう思いながら私は、

「グワーッ、ガーッ」

という若い主人公のウガイの声を聞いている。――なんてお父さんにそっくりな。

血は争えない、とつくづく感慨無量である。

娘が嫁に行ってしまったので、我が家はめっきり静かになった。なぜかいたずら電話も殆《ほとん》どかからず、ファクシミリの原稿送りが多くなったので、訪ねて来る人も減った。だいたいが以前のようにそう沢山仕事をしていないのである。腹の立つことがあっても、

「チェッ」

と舌打ちする程度で終る。

「おや、お隣、静かね」

と、もしかしたらT夫人は呟《つぶや》いているかもしれない。

「どうなすったのかしら？　大丈夫かしら？」

と心配しておられるかもしれない。あの頃の私のように。そして電気が灯ったのを見て、

「ああ、死んでたわけじゃなかったのね」

と安心される。

そしてやがていつか私は死に、娘夫婦がこの家に住むようになって、

「おや、佐藤愛子さんかと思ったら、お嬢さんの怒鳴り声なのねえ。そっくりねえ。歴史はくり返すのねえ」

といわれるようになるのかも。

異人館今昔

神戸を私の故郷といってよいのかどうか。私が生れたのは大阪・住吉公園の近くで、間もなく西宮市甲子園（当時は鳴尾《なるお》村）の野球場のそばに引越したので、正確には故郷は神戸でも大阪でもない。甲子園なのである。

しかし世間にはなぜか勝手に私の故郷を神戸と決める人、あるいは大阪と決める人が多く、私の故郷があっちこっちするのは、西宮が神戸と大阪の中間に位置するためだろうか。

私は昭和十年代に少女時代を過ごしている。当時は保護者（ああ、何といううっとうしくも懐《なつ》かしい言葉）同伴でなければ、子供あるいは娘がやたらに街をうろうろしてはいけないという世間のおきて（?）のようなものがあった。

「よく出て歩かはるお嬢さん（あるいは奥さん）や」

と女の外出姿を見ると隣近所はいったものだ。女は家にいるもので（だから家内という）用もないのに出て歩くのは「不良」だと決めつけられたのである。

だから西宮に育っても神戸も大阪もそれほど私は知らない。だいたい、始終出て歩くほどの小遣いを持っていない。大阪なら母のお供で行った三越や髙島屋界隈《かいわい》と御堂筋、心斎橋筋しか知らず、神戸で知っているのは元町とトアロードくらいなものだった。

「港は？」

と訊《き》かれるが、港など、用事もないのに行くようなロマンチストではなかった。

神戸には西洋人が多い。西洋人と目を合せると、西洋の男というものは必ず「この娘はオレに気がある」と思うものであるから、決して西洋人の目を見てはいけない、などと教えられたものだ。

神戸・山の手の「異人館」も、当時は少しも特別の存在ではなかった。その頃、山の手に住んでいた友人を時々訪ねることがあったから、二、三度その前を通ったことがある。そこには多分ドイツ人が住んでいたのだろうと思う。ドイツ名前の表札を見たような気がするが、それだけのことで、外国人の多い神戸では何ら珍しいことではなかった。誰も「異人館」などといって特別視することもなく、そこはごくフツーの住宅地だったのだ。

四十年経った今、それが大特別の地域になってしまった。やれ風見鶏の館、萌黄《もえぎ》の館、ラインの館、うろこの家などと道端に矢印の指標《しひょう》が掲げられ、それぞれの家屋はペンキの色も鮮やかに、周囲は外国風の土産物《みやげもの》屋が立ち並び、テラス様の広場が作られ、私が訪れた土曜日は午前十時というのにもう、若い男女が地図を片手に群れているという有様である。

昔、私が通った道はどこへいってしまったのか、どこがどこやらさっぱりわからない。

「萌黄の館」などと勝手に名づけられた家の庭には、

「重要文化財

開館　午前十時

閉館　午後八時

休館　毎週水曜（※この情報は当時のものです）」

などの立札が出ていて、履物をスリッパに履き替えて玄関へと上って行く人が絶えない。

呆然《ぼうぜん》と裏庭に立つと、人気《ひとけ》のないそこに楠《くす》の大木が二本、濃い蔭を作っていて、見上げると萌《も》え重なる若葉の上に高く青空のひろがりが見え、ああ、ここにあの神戸の空があった、と僅かな感慨に浸るのである。

その時、箒《ほうき》を片手に掃除のおばさんが二人、どこからともなく現れて、カメラに向かって立つ私を見て、

「写真撮るんならこっちがええ。ここ、ここ、ここに立ちなはれ」

頼みもしないのに位置を決めてくれる。その余計な親切がいかにも関西風で、ああ故郷に来たんだなあ、という思いが漸《ようや》く私に訪れたのであった。

夢の鯛めしべんとう

母の上京

私が子供の頃、私の家は兵庫県鳴尾村《なるお》（今の西宮市甲子園）という所にあり、そこから東京へ行くには、阪神電車で大阪へ出て東海道線に乗るのだった。その頃――昭和のはじめから十年頃までだが、母はよく上京していた。上京の理由は東京にいる兄たちの心配ごとのためだったが、子供の私にはそんなことはわからない。母が帰って来ると私は真っ先に訊《き》いたものだった。

「鯛めしべんとう、買ってきてくれた？」

大船の駅べんの鯛めしべんとうは本当においしいと始終聞いていたから、母が上京する度にお土産《みやげ》は何がいいかと訊かれると、「鯛めしべんとう！」と勢いよく答えていたのだ。

「よしよし、鯛めし買ってきてあげる」

といって母は東京へ向かう。しかし鯛めしべんとうがお土産だったことは一度もなかった。特急のなかったその頃は、東京大阪間は夜行寝台車がよく利用された。その夜行に乗ると大船駅を通過する頃はもう夜更《ふ》けで、べんとうを売っていないのだと母は答える。もしかしたら心配ごとのために上京し、更に新しい心配ごとを抱えて帰って来る母には、大船の鯛めしのことなど思い出す余裕がなかったのかもしれない。

「今度行った時に買ってきてあげる」という母の言葉を信じて、私は次の母の上京を待つ。大船の「鯛めしべんとう」のために、私には母の上京が羨《うらや》ましい行楽のように思えたのである。

大船の鯛めしべんとうは私の「夢のべんとう」だった。鯛めしべんとうとはどんなものか、私には想像がつかない。鯛の身をほぐして味をつけたものが、ご飯の上にふわーっと乗っている、と母はいう。この「ふわーっと」という表現に私は魅《み》せられた。

小学校の帰りなどに友達同士で、何がおいしいか、何が好きか、などと話し合う。そんな時、私はいつも、

「大船の鯛めし！」

といったものである。友達は私がそれを食べたものだと思って、いろいろ質問をする。

「鯛の身をほぐし味つけたもんが、ご飯の上にふわーっと乗ってるのや」

と私の答えはいつも決っている。母はそれ以上は教えてくれない。しつこく訊くとうるさがられて叱られた。だからどんな味？　辛いのん？　甘いのん？　と訊か

れると、

「辛いような甘いような」

としかいえなかった。だが友達には「大船の鯛めし」を食べたことのある私に一目置く、という風情《ふぜい》があった。「東京」は「鳴尾村」に住む我々には夢に見るしかない「都」である。大船の鯛めしべんとうを知っているということは、東京を知っているということになり、それには何かしら特別に上等な生活を営んでいる人、という気配《けはい》が漂《ただよ》うのであった。

娘への土産は駅べん幕の内

大船の鯛めしべんとうは、夢のべんとうのまま、私は六十歳を遥かに過ぎてしまった。おとなになったらきっと東京へ行って、大船の鯛めしべんとうを食べるぞ、と心に決めていたのに、私が汽車に乗るようになった頃は戦争のために鯛めしどころではなくなっていた。

そのまま鯛めしのことは忘れているうちに、新幹線が出来て、東海道線に乗ることはなくなった。私はもの書きになり、忙しい日々が来て月に何度か東京大阪間を新幹線で往復するようになった。その頃私には小学生の一人娘がいて、それが家政婦と二人で留守番をしている。その娘への土産はいつも駅べんの幕の内だった。大阪での仕事のついでに友達に会って一緒に食事をして帰途につく。プラットフォームまで送ってきた友達は、今、食事をしたばかりなのに駅べんを買う私を見て、

「あんた、まだ食べるの」と呆《あき》れた。子供への土産だというと、「駅べんの土産とは生活がしのばれて悲しいねえ」といいながら、「それならわたしも子供の夕飯代りに買《こ》うていこ」といって買った。お互いに四十代で悪戦苦闘していた頃である。

先日、伊東へ行こうとして踊り子号に乗っていたら、停車中の窓外にふと「大船の鯛めし」という看板が目に入った。思わず、「ああ」といって中腰になった。だ

が電車はもう走り出している。大船駅だった。中腰になった私を見て、連れの友人がいった。

「なんなの？」

「いや、鯛めしの看板が目に入ったものだから」

「鯛めし、好きなの？」

訊かれてとっさに返事に困った。好きか嫌いか、まだ食べたことがなかったことに気がついたのである。

寝言の効力

寝言というものの厄介《やっかい》なところは、それをいったかいわないか、自分ではわからないという点である。

私の男友達は寝言で女の名前をいったばかりに、奥さんにとっちめられてひどい目にあったとこぼしていたが、後でその奥さんに聞くと、どうも怪しい気配《けはい》を感じるので作り話をしてみたら、まんまとひっかかって白状したのよ、と勝ち誇っていた。

女学生の頃、私はなぜかふとサングラスが欲しくなった。当時はサングラスという呼称ではなく色メガネといい、「女の子が色メガネなんかかけてどうするのん！」と母は相手にしてくれない。

仕方なく自分の小遣いで買おうと決心して姉に相談すると、一番安いのは三円五十銭でその上は五円だといった。当時の私の小遣いは月五円である。毎日私は悩んでいたが、ある夜、寝言に「三円五十銭のでええわ！」といったという。まくらを並べていた姉は、それを聞いて「おかしいやらかわいそうやら」といって、自バラを切って買ってくれた。

それが三円五十銭の方だったか、五円の方だったかは忘れたが。

今どきの若者たち

天国がいいか、地獄がいいか

うちの子供に限って

友人のマンションへ行くと、管理人室の前に、次のような貼り紙が出されていた。

「子供さんたちが一輪車で走りまわるので迷惑している方が大勢おられます。『うちの子供に限って』という気持ではなく、『もしかしたらうちの子供は……』という気持で考えて下さい」

聞けばそのマンションでは、子供たちが一輪車で通路を走り廻るのがうるさいという文句が多く、管理人はその度に貼り紙を出していたということである。その三回目が冒頭の文章になったらしい。

「うちの子供に限って、という気持ではなく云々」の文言には管理人の苦心の跡が滲《にじ》んでいる。紋切り型だと読む人の心に染み込まず、頭ごなしだと反感を買う。あれこれ頭を絞った揚げ句がこの文言になったのであろう。たとえば「子供のしつけ方・育て方」などの本を参考にしたのかもしれない。

それにしても子供が一輪車で走り廻ることぐらい、おとなは我慢してやれないものかと私は思う。昔の子供は一輪車どころではなかった。塀《へい》に落書きはするわ、道に落し穴は作るわ、よその柿の実は盗《と》るわ、ハゲ頭に紙ツブテを飛ばすわ、おとなはその都度《つど》怒りながらも、子供とはそうしたものだと半ば諦め、「そのうち、おとなになりますよ。もう少しの辛抱」などといって許したものだ。

またおとなの中には、「悪戯《いたずら》大いに結構、元気な証拠だ」などと推奨する老人などもいた。子供のエネルギーは成長に向かって燃え立っている。その調節が子供には必要だということを知っていたからであろう。悪戯はエネルギーの調節だ。走ったり飛んだり、転んだり落っこちたり、泣いたり怒ったり、喧嘩《けんか》で殴り合うことも鼻血を出すことも子供には必要なことなのだ。

ガンコ親爺も必要だ

昔のおとなは子供の悪戯を認めつつ、その一方で大いに子供をコキ使った。やれお使いに行け、やれ子守りしろ、やれ家事の手伝いをせよなどと用事をいいつけ、いう通りにしないと頭ごなしに叱りつけた。中には平気で殴る親もいた。子供とおとなはそうしてお互いに自分勝手をしながら調和し密着して暮していた。そんな暮しの中で子供は「家族の一員」としての自覚を育てていったのだ。

今の親は本当に子供を大事にするようになった。児童福祉法によって、貧乏な親を助けるために納豆《なっとう》売りをする子供はいなくなり、またそんな貧乏人もいなくなったのは結構なことである。休日には疲れた身体にムチ打って子供のために遊園地やドライブに出かける親は少なくない。勉強に障《さわ》るから手伝いは一切させない。個室を与え、おやつを運んでやる。

「よくお勉強してくれて有り難《がと》うね」

という気持だ。

家にいる限り子供は天国である。だが天国ばかりでは飽きてしまう。子供のエネルギーは天国では調節しにくいのである。そこで外へ出て一輪車を乗り廻す。すると忽《たちま》ち「よそのおとな」から文句がくる。その文句も昔のおとなのように、

「こらーッ、こんな悪戯したのはどこのどいつだあーッ」とか、

「うるさいッ、静かにしろーッ」

というような頭ごなしの闊達《かったつ》な怒りようではなく、知らん顔していて管理人にいう、という手のこんだやり方である。管理人は更に手のこんだ文言を考え出す。

「『うちの子供に限って』という気持ではなく、『もしかしたらうちの子供は……』という気持で考えて下さい」と書いたのは、頭ごなしに「文句をいう」という感じになってはいけないという配慮のためなのであろう。

そんな配慮よりも大事なことは、子供にとって一輪車で走り廻ることが「必要だ」ということである。おとなの気に障ることをしながら子供は成長する。頭ごなしに怒鳴《どな》りつけられることも、その成長には必要な肥《こや》しなのだ。

ある日曜日、我が家のチャイムが鳴って、インターホンから裏隣の坊やの声が入った。

「毎朝、表でボールを蹴ったりしてすみませんでした」

何のことやらわけがわからない。よく聞いてみると、中学一年のその坊やは毎朝七時半頃、友達が誘いに来るまでの僅かな時間、サッカーのボールを蹴って待っていた。それに対して近所のどこかの人が学校へ電話をかけたらしい。朝っぱらからボールを蹴ってうるさいからやめさせよ、と。

そこで坊やは先生から叱られ、近所へ謝って廻っていたという次第だったのだ。

コドモ天国の子供たちにとって、天国というところはそれほど住みいいところではないのではないか。子供のエネルギーは、もしかしたら戦わねばならぬガンコ親《おや》爺《じ》のいる地獄の方が合っているのかもしれない。

カワイイ考

理想のばあさん像とは

この頃「可愛いおばあちゃんになろう」というのがはやっている。

「可愛いおばあちゃんになるのには？」というアンケートが私のところにもよく送られてくる。

なに？　可愛いおばあちゃん？　チェッ！

私はアンケート用紙を丸めて投げ捨て、それから思い直して拾って皺《しわ》を伸ばして書いた。

「可愛いばあさん？　そんなものになりたくもなし、なれっこもない」

投函《とうかん》したが、ウンともスンとも返事がない。

だいたいが六十年も七十年も苦労に苦労を重ねて生きてきて、今更なんで若い連中から「可愛いおばあちゃん」といわれるようにならなければならないのか。舌切り雀の物語を持ち出すまでもなく、ばあさんというものはイジワルな現実主義と昔から相場が決っているのだ。のりをなめてしまった雀の舌をチョン切るのはじいさんではなく、ばあさんでなければならない、そのばあさんの伝統を、なぜここで破らねばならないのか！

「可愛いおばあちゃんとはどんなおばあさんのこと？　理想のばあさんをいってみてよ」

と私は知り合いの女子学生に質問した。すると彼女たちは次のように答えた。
一、「昔はこうだった、ああだった」と苦労話をしないこと。
二、勿体《もったい》ないからといって、残りものを無理やり食べろ食べろといわないこと。

食べないと怒って、まるで面《つら》アテのように自分で食べ、気分が悪くなったのを、食べなかった人たちのせいにしないこと。

三、テレビのドラマを見て泣かれるとシラケるんだよね！

四、ニュースを見ながら、いちいち、言わでもの意見を述べられるのもねェ。

五、若い者が楽しく談笑している中に割りこんできて、笑っているわけを根ホリ葉ホリ質問しないこと。どうせ説明してもわかりっこないんだからさァ。

六、ボーイフレンドの品定めはやめてほしい。もうヤッタかどうかに、異常な関心を持つのもやめてほしい。

七、年をとったら枯れるべきなのに、いつまでも枯れまいとして若ぶるのは醜い。

八、エロ話になると乗り出すのはいやらしい。

九、出かけたいけど、おカネがないから……という口癖はやめてほしい。

要するに、何もしゃべらず、黙ってニコニコしていればいい、ということらしい。ということは私なんぞはボケる以外に方法なしだ。

幸せな老後は何といっても若い人たちと仲良くすることにあります、とある老人の集りでえらい先生がいわれた。自我を捨て、協調を心がけ、他の者を理解しようという心がけを持って批判したい気持を怺《こら》え、すべてに一歩も二歩も譲るという気持でいれば、波風は立ちません——。

当り前だ。それでは波風が立つわけがない。だがその胸の中は暴風雨が荒れ狂っている。考えてみれば、そういう台詞《せりふ》は私などの娘時代は、これから嫁に行くという若い女がいいきかされたことである。だが今は、ばあさんがいいきかされる。

「いいですか。可愛いヨメだといわれるようにね。皆から可愛がってもらうんですよ」

と娘を送り出す親はいった。だが今は、

「可愛いおばあちゃんになりましょう！」

だ。チェッ！

「ニコニコして、火鉢でかき餅《もち》焼いているようなおばあちゃんがいいわ」

と女子学生の奴めがいった。

「そうか、よしわかった。そんならニコニコしてかき餅焼いてやる。焼いてやるから、きっと食うな？　えっ？　食うな？　もし食べなかったら、ひどいからねっ！」

そういって食いしばった歯を無理やり見せて、ニッタリ笑いつつかき餅焼きはじめたとしたらどうなるか。驚き怖れて、ごめんなさい、勝手放題いって……と謝るか？　さにあらず、ここではじめて、

「カワイイ！」

といってもらえるのだろう。

正直は美徳か？

純情一路の力士

某力士が結婚するという記事が、相手の女性の名前住所と共に、あるスポーツ紙に出た。するとその翌日、力士はその結婚を否定し、本当に結婚したいと思っている女性はほかにいる、と発表し、巡業で滞在していた大阪から（親方に挨拶《あいさつ》もせずに）新幹線に飛び乗ってその女性の所へ走って行った。スポーツ紙の結婚報道について釈明をするためである。

ところが結婚を発表された女性は既に妊娠していて、そのため籍も入っていることが判明した。力士の両親はその女性が気に入り、ひどく可愛がっているとのことである。ここに到って力士の無責任が攻撃され、私などの所へもスポーツ紙がコメントを求めてくるという騒ぎである。

あらましを説明され、ご意見を、といわれても、あまりにばかげていていう言葉が見つからない。

「もうアホとしかいいようがありませんわ」

というだけである。

「アホ？　どんなところがですか？」

スポーツ紙の記者は喰い下る。

「どんなところって、相手を見てモノをいえないところですよ。相手はうるさいマスコミでしょ。それに向かってホントに好きな女は別にいる、なんて、何のためにそんなことをいう必要があるんですか。自分で火事を大きくしてるんだから……」

相撲界だって野球界だって芸能界だって会社員だって、こういう問題を起している男はワンサといる。少しも珍しい話ではない。ただそれを巧妙に処理出来るか出来ぬかのチガイで、アホになったりならなかったりするのだ。

某力士はスポーツ紙の結婚の記事を見て、頭に血が上ってしまった。その時彼の頭を占めたことは、この結婚の記事を読んだ（目下彼が愛している）女性は、何と思うかということだった。すぐに飛んで行って釈明しなければならない。その一念に駆られ、彼は親方に挨拶することも忘れて、今はマスコミが一挙手一投足、注目していることも考えずに彼女の元へ走った。つまりそれほど彼女を愛していたということである。これを別の言葉でいうと「情熱的」とも「純情一路」ともいえるであろう。

しかし彼はその不行跡を指弾攻撃され、大関の地位も遠く退いてしまった。「正直」なのがいけなかったのである。だが彼は彼女を愛するあまり正直にならざるを得なかったのかもしれない。そう考えると、彼のアホぶりに私は一掬《いっきく》の涙を注ぐのである。

マスコミが発達した今日では、世に名の出た人はみな汲々《きゅうきゅう》としてマスコミの餌食《えじき》にならぬよう保身に努めている。この「保身」は身持ち正しく己を保持することではなく、ボロを出さぬように身を守ることだ。正直は現代では身を滅ぼすもとなのである。


私は子供の頃から正直は何よりの美徳だと教えられて生きてきた人間である。人の信頼を得るのは何よりも「正直さ」である、たとえ過ちを犯しても正直にいえば許されると信じている子供だった。だからお客の靴を隠したり、落書きをしたりした後、進んで親のところへ正直にいいに行った。

正直は美徳であると教えている親は、その正直さを褒《ほ》めねばならないので、された悪戯《いたずら》について叱ることを忘れてしまう。ついに私は「正直さを見せるために悪戯をする」という仕儀に到ったくらいであった。

長じても私の正直愛好癖（?）は抜けず、うまくない料理を、義理にうまいとはいえず（従ってテレビの食べ歩き番組のレポーターを私はホントにえらい人だと思う）生れたての赤ン坊を見せられてもどうしても「可愛い」とはいえないで苦労してきた。

この世はうまくない料理もうまいといい、猿の親戚みたいな赤ン坊でもまあ可愛いといわなければならない仕組になっている。それがこの世の常識で、その常識あってこそ、住みにくいこの世が円滑に運営されるのだ。それが、この頃どうやらやっとわかってきた。

鈍感と無智と

「一冊の著作も読まずにインタビューに来るのは困ると何かに書いておられたと聞

きましたので、これはイカンと思って大急ぎで一冊買って読んでいたものですから、それで遅くなりました」

私のところに来て、そう挨拶したインタビュアーがいる。正直にもいろいろあってこういう正直者もいるのだ。しかしこれは正直の上に鈍感がつく。

さる企業から講演を頼まれた時のことだが、重々しくカーテレホンつきの車の迎えがあった。行く先は都心のホテルである。我が家を出発して間もなく、私の横に坐った送迎役の男性は、おもむろに電話をとっていった。

「えーもしもし、ただいま佐藤邸を出発しました……ハイ」

十分ほど走るとまた電話をとっていった。

「えーもしもし、ただいま渋谷を通過しました。ハイ」

更に十分ほど走るとまた電話をとった。

「えーもしもし、今、六本木の交差点を通過中です。このまま順調に行けば二十分後には到着出来ると思います」

　これで終りかと思いきや、やがて講演会場であるホテルが見えてきた所で又しても電話。

「えーもしもし、もう××ホテルが見えています。あと三分で到着すると思います」

　カーテレホンがまだ珍しい頃だったから、この人は車の中から電話をかけるのが嬉しくてたまらないのだな、と私は思い、お愛想のつもりでいった。

「なるほどねえ、カーテレホンって、便利なものですねえ。これなら渋滞して遅れている時なんか、行く方も待つ方も心配しないですみますものねえ」

「はあ、さようで」

　迎えの人は大きく頷《うなず》き、ニッコリしていった。

「佐藤先生はかねがねうるさいお方と承っておりますので、粗相《そそう》のないようにこうして連絡をとっております……」

「はあ、それはどうも……」

ここまでハッキリいわれては、どうもとでもいうほか、挨拶の言葉が見つからぬ。スピードを落した車の窓から見ると、ホテルの前に三人の黒服の紳士が直立不動、口辺《こうへん》に妙な笑みを浮かべてこっちを見ているではないか。あの電話はこの「出迎え」を完璧ならしむるための連絡だったのだ。

鈍感正直って案外多いんだなあ。それとも私の正直主義に迎合するとこういうことになるのだろうか。


成人式の日のテレビで、この日成人した男女に街頭インタビューをしていた。

「アメリカの大統領は誰でしょう？」

「ゴルバチョフ？」

と訪問着姿の娘さんが答えている。ゴルバチョフという時、「？」と語尾を上げたのは、何となく自信がないので、それでいいかしらと、相手に伺《うかが》うといった気持を表している。次に別の青年が、

「イラクの首都は？」

と訊《き》かれて、うーんとつまり、

「さあ？　わかりません」

という。

「ゴルバチョフはどこの人ですか？」

「ドイツ……東ドイツ……」

もうメチャクチャだ。メチャクチャいってケロリとしている。

ああいうのを「無智正直」とでもいおうかと私がいうと、傍にいた人がいった。

「いや、あれはヤケクソ正直でしょう」

知的にして文化的？

街でテレビレポーターが通行の女性に向かって「あなたは電力を節約しなければ、という心構えで暮していますか」という質問をしていた。数人の三、四十代の女性が次々に答えている。

「いいえ……してません」

「テレビなんかつけっ放しにしています……」

とにっこりとした。彼女たちの「文化的生活」が窺《うかが》えるような、身だしなみのいい美しい人たちである。それぞれに満ち足りて幸福そうだ。

だがその幸福が何によってもたらされているかを考えたこともなく、それを享受

するのを当然のことと思いこみ、その平和、豊かさは累卵《るいらん》の危うきに立っているこ
とを考えたことがないような笑顔である。いや、それはわかっているのだけれど
も、自分は何も出来ない、誰かが何とかしてくれるだろうという、ひとまかせの、
楽天的な笑顔である。

今の三、四十代は殆《ほとん》どが大学教育を受け、弁も立ち、実力に自信のある人たち
だ。だがそれにしてはあまりに自分本位だ。

「テレビなんかつけっ放しにしています」

とにっこりしていては困る。ああ恥かしいことだったと思ってくれなければ。

なにとぞ一杯のお茶を！

男の優しさの真贋《しんがん》

優しさ優しさと、今ほど優しさがお題目のように唱えられている時代は、かつてどの時代にもなかったことであろう。そうして唱えられている割には優しさがないのも、かつてのどの時代にもなかったことではあるまいか。

――と私は思うのだが、結構、若い人たちにとっては「優しいカレ」というのがいるようで、

「カレ、とにかく優しいの！」

と私の知っているお嬢さんは満足げに、カレなる人の優しさを語る。

そのカレはどんな時間でも、どんな所へでも、

「ねえ、迎えにきてエ」

と一言いえば、愛車を走らせて来てくれるそうだ。

それを「優しい」といえばいえないことはないが、私にはそれはただ、よっぽどお人好しか、よっぽど彼女に惚《ほ》れているか、ただそれだけのことに思える。惚れていれば、誰だって優しくなるのである。カレなる人が、たとえば私のようなばあさんにも優しさを示すかどうか。

彼女が暴漢に襲われた時と、私のようなばあさんが暴漢に襲われている時と、おのずから彼のとる態度は異なるであろう。それでは彼は、まことの優しい人とはいえないのである。

私の古い友達のS江さん（六十九歳）は孫娘を誘って京都の紅葉見物に出かけた。京都には京都在住の孫娘のボーイフレンドが案内役として来てくれていて、

「カレはとにかくマメな人だから、おばあちゃんの気に入るわ」

と孫娘はいっていたそうだ。ところがこのマメ男、マメマメしいのは孫娘に対してばかりで、S江さんには決してマメマメしくはなかった。

「嵐山で孫がトイレへ行きたいといったら、血マナコでトイレを探してきたくせに、わたしが行きたいといった時は、なんていったと思う？『またですかァ』だって！『年をとるとやっぱりよく出るんですねえ』だって……」

とS江さんは怒っていた。

「だいたい、どんな男かわかるでしょ。それを孫めは〝優しい人〟だといってるんだから……。バカですよ！」

思うに、彼は優しい人というより「正直な人」というべきなのであろう。年をとって女としての魅力がなくなってくると、男の優しさの真贋がおのずとわかるというのも悲しいことではある。

水筒を肩からかけて

私は時々、講演に出かけるが、最近、かつては経験しなかったことを経験するようになった。そのかつてなかった経験というのは、一時間半の講演をした後、一杯のお茶も飲ませてもらえぬままに帰らされることである。

まったく、講演先でお茶を出してもらえなかったといって、ここでグチグチ悪口をいうのも情けない話だと思うが、こういう口にするのも情けない話が、今は世間に渦巻いている。

大宮のさるデパートの友の会での講演会では、一時間半の講演の後、その演台の前に立ったまま、著書に百冊近いサインをさせられ、そこからそのまま、若いハンサムに、

「どうも有り難《がと》うございました。では」

と駅へ連れて行かれた。駅へ行くと、

「向こうに見えるあの階段のその奥を右へ上った所が東京行きです。では、どうも」

改札口のところでそういうと、ではサヨナラ、とスタスタ帰って行く。私はベルトコンベアーに乗せられた荷物さながら、呆然《ぼうぜん》とその後ろ姿を見送り、怒る気力が萎《な》えた。

その十日後、静岡のホテルでの講演会。その時の係は若い女性だったが、これまた一時間半しゃべった後、トイレから出てくると表に待っていて、

「では急ぎましょう」

とスタスタ駅へ。プラットフォームの売店で私はウーロン茶を買った。

「おいくら？」

「百円です」

送ってきた若き女性はそばでそれを見ている。

「一時間半もしゃべったら、ノドがカラカラでね」

「はあ……すみません」

と彼女はいったが、何をすまないと思ったか、お茶を出さなかったことをか、百円出させたことをか。それともただの挨拶《あいさつ》か、私には見当もつかぬ。

それから暫《しばら》くして私は大阪へ行った。一時間半しゃべって控室に戻った。前の二回は控室にさえも戻らず、演壇からそのまま、まっすぐに駅へ連れて行かれたのだが、今度は控室へ入ったからにはお茶が出てくるだろう。そう思っていると係の人が入って来ていった。

「車が来ました」

「え?」

「車が来ております」

又お茶なしだ。階段を下りたところに自動販売機があったので、そこでウーロン茶を買った。

「一時間半しゃべったら、ノドがカラカラなんですよ」

(ああ、いつもいつも同じ台詞《せりふ》、もういい飽きた!)

「ではお茶を持ってきましょうか?」

持ってこさせるって、そこは階段の下。開けた出入口に車が止まっているのが見える。そんな椅子もない所でどうやってお茶を飲むのだ! 口先だけのことをいうな!

ハンドバッグに入れたウーロン茶の、ポカポカとあたたかいのがへんに情けなかった。

昔は心にない優しさを、形式によってカバーした。優しさ優しさと簡単にいうが、それは人間への理解力、洞察、推察の力によって培《つちか》われるものであるから、そう簡単に持てるものではない。だから、おそらく昔の人は、他人への気配りの形式を教え、その形式に従うことで、優しさの代りにすることを考えたのであろう。

今、気配りの形式は不必要なものとして排除されてしまった。そのために、鈍感さの生地《きじ》が剝《む》き出しになってきたのだろう。彼らは一時間半、立ったまましゃべった人間の、ノドの状態に対する想像がつかない。いや、想像をする必要を感じていないのだろう。そんな人間が一方では、それなりに優しさを理想とし、求めているのである。

優しさがなくなった時代だから、よけいに優しさ優しさとカナリヤのように歌うのか。優しさというものを何かカン違いしているのか。優しさについて本当に考えたことがないのか。

これからは私は、水筒を肩からかけて講演に行くことにする。さもなくば、演台に載《の》せてある水さしの水を、最後に飲んで壇を降りることにしよう。

お供

お供との旅は勝負の旅

この頃、地方講演を引き受けると、先方から必ずこう訊《き》かれる。

「いらっしゃるのはお一人ですか？」

はじめはどういう意味なのかわからなかった。講演は一人でやる、掛け合い漫才をするわけじゃないから一人で行くものと決っている。なんでそんな無意味なことを訊くのか。私はそう思っていた。

そのうち、一人ですかというのは、「お供」がついてくるのかどうかという質問であることがわかり、たかが一泊の講演になぜお供が必要なんですか、と私は怒りたくなった。
お供を連れて来るのかと訊いただけで怒られたのでは、向こうさんはたまらぬだろう。だが、私はたいした講演をするわけじゃなし、その道の大家というわけじゃなし、お供を連れて歩くほどエライ人間でもなければ病人でもないのだ。
「お供？　気恥かしいことをいわんで下さい」
という気持なのである。
〽奴《やっこ》さんどこへ行く　旦那お迎いに
さても寒いのに供揃え
雪の降る夜も風の夜も
お供はつらいネ
いつも奴さんは高ばしょり
アリャセ　コリャセ　それもそうかいな

お供というと私はこの端唄《はうた》を思い出す。私が子供の頃、我が家に出入していたよっちゃんという男が、よくこの端唄を歌っては踊っていた。浴衣《ゆかた》の裾《すそ》をお尻まで高く端折《はしょ》って空脛《からずね》を出し、

「お供ォは　つらいネ」

とフリをつける姿に妙に実感が籠《こも》っていた。

お供は辛いものなのだと、私には子供心にお供の悲哀が理解出来た。

桃太郎が黍団子《きびだんご》を腰につけて鬼征伐に出かけると、道端に犬が出て来ていう。

「桃太郎さん、桃太郎さん、お腰につけた黍団子、ひとつ下さい、お供をします」

「それならやろう、ついてこい」

といって犬は桃太郎の家来になった。

お供というのは家来のことなのである。家来は常に主《あるじ》の後ろからついてくる。主がせっかちの速足であった場合は、家来は荷物を担いでフウフウいって追いかけな

ければならない。お供は常に後ろにいるのだが、ここぞというところ、たとえばドアを開けるとか、空港のチェックインの手続きとか、エレベーターのボタンを押すときなどは、定位置である後ろからさッと前に出て、主がポケットに手を突っこんだままでいてもいいように立ち廻らなければならないのである。

父祖の短気せっかちの血が流れている私がお供を従えるとなったら、どういうことになるか（昔、我が父祖の地である弘前《ひろさき》では葬式を出す時、寺の僧侶が出向いてくるのを待って、葬《とむら》いの行列を出さねばならぬというしきたりがあった。だが祖父は僧侶の来るのを待ちきれずに、待てねえ、行くべ、行くべ、と先頭に立って寺へ向かったという話は、古老の間でいまだに語り草になっている）。私のお供は始終、足の速い私に追いつき、追い越して用を足すために鼠《ねずみ》のように走り廻らなければならないだろう。エスカレーターに乗りたいと思っていても、私がどんどん階段を上って行くから、それについて上らなければならない。飛行機、あるいは新幹線の座席などでも、一

歩足を踏み入れると同時に、もう、およその席の見当をつけてまっしぐらに席に向かい、

「ハイ、ここよ。荷物は？」

お供の手から荷物をひったくって棚に上げてしまう。

「ちょっと、お弁当下さい。お茶もネ」

お供が財布を取り出そうとしている時はもう、手の中に金を握っているのだ。

飛行機から降りて預けた荷物を受け取る時でも、お供が目を皿にして探しているうちに、あっという間に見つけてぱっと取ってしまう。

どっちがお供かわからず、

「あッ……すみません……あッ、すみません」

とお供はいいつづけていなければならないだろう。お供は何とかして私に勝とうと（つまり、遅れをとるまいと）必死になる。それを感知すると私も負けまいとい

う気が起ってきて、お供に先を越されぬよう、ますますハリ切る。お供と一緒の旅は、「勝負の場」になってしまうのだ。

だから私にはお供はいらない

だから私にはお供はいらないのである。私のような人間は、旅行鞄《かばん》をひとつ提げて、ふーらりふらり、足まかせ、風まかせ、という趣《おもむき》で旅に出るのが一番向いているし、人にも迷惑をかけずにすむのだ。しかし、

「お供はいません。一人で行きます」

というと、ではこちらでお供をしますという人がいて、私は困ってしまう。いくらいりません、結構です、といっても、いやいやどうかご心配なく、と頑張ってお供が来るのは、それを礼儀だと思うからか、それとも足まかせ、風まかせでどっかへ行ってしまわれるのが心配なのかもしれない。

ある時、どういうわけか、松の木にたいそう関心の強いおばちゃんのお供がついた。日本は松の多い国であるから、どこへ行っても松が生えている。

「あらまあ、すばらしい松！　どうでしょう！　これの樹齢は何年くらいでしょう？」

「ま、これもすばらしい松ですわ。赤松ですね。なんて高いんでしょう。見上げてごらんなさいませ。天まで届く感じ……」

「あっ、これは……もしかしたら松くい虫がついてるんじゃないでしょうか？　ねえ、そうお思いになりません？」

「これはまあ……樹齢、百年は経ってるでしょうねえ？　どうでしょう？」

知らんよ、そんなこと。それより私は黙って歩きたいのだ。だが、と思い直す。この人は、黙りこくって歩いていては失礼に当ると思っているのかもしれない。何か話題を出すのがお供の義務だと考えている。しかしあいにく話題といえば松の木のことしか思い浮かばないので、一心に松の木の話をしているのかもしれない。そう思うと松の木の話をするからといって腹を立てるのは気の毒だという気がしてきて、仕方なく、

「えー、佐賀県の唐津に虹の松原という美しい松原がありますけど……」

といってみる。

「あすこの松も大分、松くい虫にやられてるんですよ」

「まあ、そうですかァ。残念ですねえ……」

「ほんとに……」

いったい、何が面白くて、こんな所で松が松くい虫にやられてる話をしなければならないのか、と思いつつ、

「松くい虫、あれは何とか退治するわけにはいかないものでしょうかねえ」

などといっている。

お供も辛いだろうけれど、お供をされる方だって辛いのである。

女一人に男が二人

いつだったか、こんなお供が来た。若い男でしかも二人である。女が一人、徳島へ行くのになぜ二人もお供が来るのか。飛行機賃、ホテル代、食費、コーヒー代等々、その無駄を考えよ、といいたいのを怺《こら》えて、約束の時間に空港へ行った。

お供は二人もついて来るくせに、私の家までは迎えに来ず、さし廻しのハイヤーに乗って空港まで来てくれという。いわれるままにカウンターの横に立って、手続きをせずに彼らを待つ。十分経っても二十分経ってもお供は来ない。私は苛立《いらだ》ち、お供の会社へ電話をかけた。だがお供は今日は会社には出ていないから、事情がわからない。私はカッときて手続きをすませ、手荷物を預けて勝手に飛行機に乗ってしまった。目的地である徳島空港に着くと、どこに乗っていたのか知らないがお供は姿を現して挨拶《あいさつ》した。

空港には現地の案内（接待係）の人が来ていて、私と二人のお供は車に乗って講演会場に着く。講演の後、夕食会があったが、私は地元の友人宅に招かれていたので失礼することにし、講演会場の出口で、

「では明日、九時にホテルのロビーでお待ちしていますから」

と、お供にいわれて別れた。

翌朝、ロビーへ下りて行くと、地元の接待係が待っていて、（地元の接待係はいつか「お供のお供」というあんばいになっている）車で空港まで送られる。二人のお供もその車に乗っている。その時、はじめてこっちのお供と話をした。

「ゆうべはどうでした？　何時頃お開きになったの？」

お供はいった。

「いやあ、食事の後、三軒ハシゴをしましてね。今日はダウン寸前です、ハハハ

……」

飛行機に乗り、羽田に着くとお供は私の荷物をタクシーにほうり込んでいった。

「ではこれで失礼します。どうもご苦労さんでした」

いっそ、そういうお供の方が気らくでいいじゃないの、と人は簡単にいうが、松くい虫の話につき合うのと、「三軒ハシゴしました。ハハハ」と機嫌よく笑っているのをポカーンと見ているのと、あなたならどっちをお供に選びますかな？

脚長きハンサムたち

十一時二十四分発

一月某日、前から約束していた近県U市での講演会に出るべく、私は十一時二十分に家を出た。上野十二時二十四分発の新幹線に乗ることになっている。地下鉄で上野まで一時間みておけば十分だとゆったりしていた。

ところが上野駅に近づき、取り出した切符に目をやった途端、私の頭の中は真っ白になった。なんとそこには「十一時二十四分発」と記してあるではないか！

「ヒエッ！」と思った時はもう立ち上っていた。電車は走行中であるから立ち上ったところでしようがないのであるが、夢中で扉のところまで行っていた。

確かにダイアリーメモには十二時二十四分と書いてあった。ということは私の書き間違いか、見間違いか、記憶違いか？　そんなことよりもU駅に出迎えている人は今頃、さぞや心配しているだろう。日曜日であるから我が家に留守番の人はいない。いくら電話をかけても出ないから主催者は青くなっているにちがいない。

プラットフォームに降りるなり私は走った。階段を駆け上る。こうなったからには一分でも早く乗れる電車に乗らねばならぬ。いや、その前に遅れたことを先方にことわらねばならぬ。私は上野駅構内を走り廻った。逆上しているので、どこで新幹線の切符を売っているのかわからない。やっと見つけて「すみません。遅れたんですけど」という。考えてみればなにも駅員に恐縮することはないのだ。駅員はえらそうな顔をして、「乗り遅れた場合は新しく買ってもらいます。そうでなければ自由席で行って下さい」

後で知ったことだがU駅までは四十分ほどの所要時間であるから、自由席でもよかったのだ。それを逆上しているものだから、「買います……下さい……グリーン車」といってしまった。

「すみません。お世話さまでした」

言わでもの挨拶《あいさつ》をしたのも、「恐縮のきわみ」というあんばいだったからだ。十二時二十分発のグリーン券を握って主催者であるU市役所へ電話をかけたが、出ない。日曜日なので誰もいないのであろう。講演会場へかけるにも、先方の依頼状には講演会場の電話番号が記されていないのだ。

――講演会場の電話番号を記さぬとはなんたることか！

いつもなら怒るところだが、何しろ「恐縮のきわみ」の真っ最中であるから怒らない。怒ってる場合ではないのである。家事手伝いのTさんは今日は休んでいるので、Tさんの家へ電話をかけた。かくかくしかじかと事情を話すとTさんはびっくり仰天。この人は何ごとにも一所懸命の人なので、我がことのように驚いて心配してくれる。U市文化会館の電話番号を調べて、手違いがあったため十二時二十分のに乗ったことを伝えるよう頼む。

そうこうしていてふと時計を見たら発車まで四分しかない。これに乗り遅れたらたいへんのお重ねになる。私は必死で走った。新幹線のプラットフォームへ降りるエスカレーターのなんと長いこと。立っている人の横をすり抜け押し退け、動くエスカレーターの上を走り降り、電車に飛び乗った。

ああ、何ということだろう！　佐藤愛子もついに一巻の終りか。十一時二十四分を十二時二十四分と間違えるなんて！　六十七歳と二カ月半。それが日常生活に支障を来すボケの始まりか！　暗澹《あんたん》としてウツロになる。走り廻ったのでのどがカラカラであるが、ビュッフェへ行く元気はない。通りかかった車内販売の娘さんからウーロン茶を買った。冷たいウーロン茶が渇いたのどを通り、興奮に熱くなった食道から胃の腑《ふ》へ降っていく。

怒りよりも安堵《あんど》の息

その時思い出したことがある。去年の秋のことだ。B放送の依頼で大阪へ講演に行った。その時は飛行機を使ったので空港に迎えが出ているということだった。「佐藤愛子様」と書いた目印を持って立っているということだったが、行ってみるとそれらしき人はいない。仕方なく電話をかけようとしたところが、講演会場の電話番号が依頼状には書いてない。仕方なく東京のB放送へ電話をかけて会場へ連絡を頼み、タクシーを拾って会場へ行った。

暫《しばら》くすると背の高い若いハンサムがノコノコ近づいて来た。「すみません」という。顔を見て思い出した。彼なら紙袋を持って出口の所につっ立っていた青年だ。だが「佐藤愛子様」という目印を持っていなかったので私は黙って通り過ぎたのだ。

「あなた、紙袋を持って立ってた人でしょう？　あなたなら知ってますよ。けど目印を持ってなかったでしょう？」

「はあ、紙袋に佐藤愛子様と書いてたんですけど」

丈高きハンサムはハンサムゆえにカッコをつけたいのであろう。「佐藤愛子様」のプラカードを掲げて立っているのは、ハンサムの沽券《こけん》にかかわるのだろう。だから彼は紙袋を提げて立っていた。彼は自分のカッコをつけることばかりに夢中で、提げた紙袋に人の目が届くかどうかについて考える余裕がないのである。若い時分は当然、私だってハンサムが好もしかった。だが当今はハンサムと聞くと、「フン、どうせ気の利かないヤツだろう」と決めてしまう。ハンサムはごめんである。

さてU駅へ着いた私は、出迎えの人に平身低頭。

「遅くなってすみません。申しわけありません。十二時二十四分発だとばかり思ってたものですから……」

出迎えの人は怪訝《けげん》顔で、

「十二時二十四分発のでよろしいんですが、お宅からお電話で四分早くお乗りになったと聞いて、なぜだろうと思っておりました……」

「えっ！」

私は混乱した。愈々《いよいよ》、私は頭がおかしくなったのか！　捨てないでおいた切符を取り出して見た。出迎えの人にも見せた。まあ、と出迎えの人は口をあんぐり。

「なんてことでしょう。時間を間違えて切符を買ったんですわ！」

「へえ？」

「すみません。一時間、間違っております。誰がこんなことをしたんでしょう！」

ああ、よかった！　これでボケていないことがわかった。よかった。よかった……。

怒るよりもほっと安堵の息をつくところが情けないのである。

それにしてもその切符を買った人、きっと脚長きハンサムにちがいない。

しっかりしなさい、日本人

苦心の花束

怒りの電話

イラクで人質になっていた人たちが帰って来たので、家族が空港に出迎えている。その様子をテレビで見たという女の人から電話がかかってきた。

「佐藤さん、見ましたか。あの家族の人の出迎えを……」

と藪《やぶ》から棒にいう。私のところへはなぜかこのテの電話が多い。

「いいえ、私はここんとこ忙しくて殆《ほとん》どテレビを見てないんですが。何かあったんですか？」

「何かあったというほどのことじゃありませんけどね、花束をね、奥さんが花束を渡しているんですよ。帰って来たご主人に」

「はあ……」

電話の人が何をいいたいのか、私にはすぐにはわからない。声の調子では六十を幾つか過ぎた人のように思われる。

「どう思われます？　佐藤さん！」

「どう思われるかといわれても、どうも事情がよくわかりません……」

「人質になっていた夫が約四カ月ぶりでやっと帰って来た。それはめでたいことですよ。さぞかし嬉しいでしょう。私なんぞもね、夫や兄が戦地から帰って来るのを迎えた経験を持っていますから、家族の気持はよくわかるつもりです」

「はあ、そうですか」

「でもね、花束とは何ですか！　花束とは……」

「……」

「なにもあなた、人質から帰って来たからといって、妻が夫にしかも、飛行場ででですよ、花束を渡すことはないじゃありませんか！　いったい、何を考えてるんでしょう！　あたしはもうびっくりしましてねえ。これは是非とも佐藤先生のご意見を伺《うかが》わなくちゃ、という気になって、あちこちの新聞社や出版社に電話をかけて聞いたのですが、どこも忙しいのか教えてくれない、やっと親切な出版社がありまして、先生にたどりついたんですよ、ハハ……」

これは相当に闊達《かったつ》なばあさんである。「夫や兄が戦地から帰って来たのを迎えた」というからには、私と同年輩の人であろう。

「私どもの時はね、兄は海軍でしたけれど、義姉は畳に手をついて、『お帰りなさいませ。ご苦労さまでございました』とお辞儀をしていました。兄は、『留守中、ご苦労だった』ってね。それが生きるか死ぬかのいくさから還《かえ》って来た夫の迎え方だったんですよ。私の夫は陸軍の下士官でしたけれど、私だってやっぱり手をついていいましたわ。『ご無事のお帰り、おめでとうございます。長い間ご苦労さまでした』って。夫はうんと頷《うなず》いて、『みんな、元気でよかった……』そういうものだったんですよ。美しいと思いません？」

「はあ、美しいというより、懐《なつ》かしいですね」

と私はいった。

四十年前の日本人は多かれ少なかれ、そうだった。感情をあらわにすることは恥かしいこととされ、すべて、「以心伝心」で、事が足りた。殊に海軍では夫が戦死しても妻は涙を見せてはならぬとされ、悔みの客に対して、

「名誉の死を遂《と》げて、主人もさぞや本望のことと思っております」

といわなければならなかった。悔みの客はああ、健気《けなげ》なそのお言葉。お心の中はさぞやお辛いことでしょう。お察しします、と心中思いながらも、口では、

「お国のための名誉のご戦死、おめでとうございます」

と挨拶《あいさつ》を述べる。述べられた方は、

――おめでとうといわれるそのお言葉の奥に隠れているお気持のあること、よくわかっております。ありがとうございます。

と心に呟《つぶや》き、互いに見交す目と目で胸中の思いを交換したのであった。

ほっぺたにチュッ、チュッ

まことに日本人というやつは、もって廻った面倒くさいことが好きで、「率直」は恰《あたか》も「礼儀知らず」の代名詞であるかのようだった。歌舞伎を見ていると、やたらに、

「うーむ、うー、ううう一」

などと目を剝《む》いて唸《うな》る武将がいて、何を唸っているのかというと、それは胸中の悲憤の表現であるという。そうかと思うと、

「ホホ」

「ホホ」

「ホホホ」

「ホホホ」

と二人の人間が交互に笑いっこをし、それは「わかってますよ」「うん、こっちもわかってます」という暗黙の了解を示しているものらしい。

しかし敗戦後、どっとアメリカ文化がなだれこんできて、伝統の「以心伝心」は追いやられてしまった。若い男女は平気で街頭でキスをし、夫と妻は何の必要もないのに、

「愛してるよ」

「愛してるわ」

といい合いっこするようになった。会社へ出勤する若い夫を、若妻が道に出て呼

び止めている。忘れた弁当でも渡すのかと思いきや、

「忘れもの」

ほっぺたを突き出す。

「あ、ごめん」

と夫はほっぺたに「チュッ」

ついでに唇にも「チュッ」

新妻は喜んで「行ってらっしゃアい」と手を振る。

チェッ！

と私は（おそらくは電話の人も）横を向かずにはいられない。

「なにやってんだ！　朝っぱらから、ママゴトはやめろ！」

と憤《いきどお》る人間は、もう棺桶に片足突っこんでいると思った方がよいそうである。そう私は若者からいわれた。

日本人の「つつしみ」は常に「人の目」を意識することから培《つちか》われた。家庭にあれば家族の目――じいさん、ばあさん、父親、母親、弟、妹、あるいはオールドミスの姉、後家になった叔母さん、雇人、などの目が並んでいて、その大家族が仲良く（事なく）暮すにはみんなが第一に感情を隠して自制し、つつしみ深くいなければならなかった。後家の叔母さんやオールドミスの姉さんの前で、

「愛してるよ」

「愛してるわ」

チュッ！

そんなことをしようものなら、家の中波風の絶え間なく揺れに揺れてひっくり返ってしまう。

家の中では家族の目。外は外で「世間の目」というやつが光っていて、これがうるさかった。昔はみんな金がなくて暇ばかりあったから、他人のことに気を配って

いる人が沢山いた。若夫婦が門前でチュッ、チュッとやっていようものなら、忽《たちま》ち、イロ何とやらといわれる。

「そろそろ、始まる頃よ」

「ほら、ほら、やってる」

と見物人が出る始末。だが今はそんなもの、誰もふり返りもしない。犬が電柱にオシッコをかけている方がまだ注意を惹く。

「どこの家だ！　犬を放し飼いにして怪《け》しからん……」

と。

今やテレビが昔の「世間」

ところで人質の夫たちへの花束の問題だが、

「花束とは何ですか！　花束とは……」

と詰め寄られ、私は考えた。

「お気持はよくわかりますけれど、これはいろいろ考えに考えての上のことではないでしょうか？」

「考えて？　何をですか？」

つまりこうである。

人質の奥さんたちは、夫を迎えるに当って、どんなふうに迎えるのがいいかと頭を悩ました。というのも、空港にはテレビカメラが何台も来ていることが明らかであるからして、テレビに映った時のことを考えなければならないのである。

久々の再会、しかも心配に心配を重ね祈りに祈った上での再会であるから、夫の顔を見た途端、その胸に飛びついて、熱い抱擁《ほうよう》、キス、という迎え方になるのが自然である。欧米ではそれが当り前で、そうしない方が却《かえ》って怪しまれるだろう。だが我が国に於ては、「行ってらっしゃい、チュッ」の世代が台頭してきてはいるが、それもせいぜいそこまでで、それ以上の熱い振舞いとなると、する方も見る方もまだ馴《な》れていない。人前での抱擁、キスの歴史は何といってもまだ浅いのである。かといって、

「お帰りなさいませ。ご苦労さまでございました……」

深々と頭を下げるというのも、これまた今の三十代、四十代の女性は修練が出来ておらず、夫側も、

「留守中、ご苦労であった」

悠然《ゆうぜん》と頷く、という芸当は出来そうもない。

飛びついてキスも出来ず、挨拶も交せないということになれば、手持無沙汰《ぶさた》である。ただニコニコして、

「おかえんなさーい」

では、出張帰りと同じになってしまう。そこで考え出されたのが「花束」であ

る。

花束を捧げる――。

それによってテレビカメラの前での格好は一応つくではないか。

「つまり、あの花束は苦心の演出ではないかと思うんですけれどねえ」

私がいうと、電話の主は不服そうにいった。

「なぜそんなわざとらしい演出なんかしなくちゃならないんでしょう!」

私もそう思う。そう思うが、今やテレビは昔の「世間」なのである。昔も昔なりに世間の目に対して「つつしみ」という演出をしていたのだと思えば、一向にふしぎがることもないではないか。

睾丸《こうがん》に面目を与えよ！

アッシー、メッシーの集合体

かつて私は「男性評論家」という肩書をつけられ、男の悪口の権威とされていた時代がある。二十年ほど前のことだ。

そのため当時の若い男の中には私に会うのを怖れ、あるフリーライターのごときは、インタビューの仕事を引き受けたものの、怯気《おじけ》づいて後輩に押しつけ、急用と称して逃げてしまった。その後輩というのが私に向かって、「佐藤さんは怖いという評判ですが、そうでもないじゃありませんか、フツーですね」と臆面もなくいうという鈍感男で、フリーライターが代役を押しつけた気持がよくわかったのである。

だがその頃の私は決して男を憎み嫌い、ないがしろにしていたわけではなかった。その頃、私がいっていたことはすべて、このままでは日本の男はフヌケになってしまう、されば日本はどうなるか！　という心配から出たことだった。それから二十年経った今、若い男の脆弱化《ぜいじやくか》を歎く声が頻《しき》りに上っているが、私はもう何もいう気はしなくなっている。いうとしたら、

「だから私があれほどいったじゃないですか」

の一言あるのみだ。かつて私が心配したように、若者はフヌケになり果てた。二十年前、私が叱責《しっせき》した連中が育てたのがこの手合である。ただのフヌケならまだいいが、フヌケのエゴイストときている。女の家来になって、やれアッシーだメッシーだとさげすまれているにもかかわらず、自分がさげすまれていることを感じてもいない様子である。

「アッシーでもいい。存在を認めてもらえれば」

とテレビで答えている若者を見た。

以前なら忽《たちま》ち憤怒《ふんぬ》怒号しているところだが、今は何もいわない。いちいち怒っていたのでは身が持たなくなったのだ。

しかし憤怒はしないものの、いったい日本の将来はどうなっていくのだろう、という心配が口をついて出てくるのは止められない。男子たるもの、人生に理想を掲げずしてどうするか、とはもういわない。いわないがせめて男一匹、この人生の矛盾をどう生きるか、正義とは何か、くらいは考えて下さいといいたい。優しければいいってもんじゃない。少しでいいからアタマ使って下さい、考えて下さい、といいたい。考えることが出来ないアタマなら、せめて「感じて」下さい、といいたい。

だが、いいたいが、いわない。

いったところでしようがないと思うからだ。ただ無力感に囚《とら》われて呆然《ぼうぜん》と見ている。腋毛《わきげ》を剃っている奴。シリコン入れて高くした鼻。ヒキガエルが怖いと逃げる奴。大股開いて電車の席を二人分とっていて、立っている人が大勢いても動かない奴……。

こうして書き並べたところで、何てこともないのである。それを彼らが読んだところで何かが変るというわけではない。あと十年かそこいらで私は死んでしまう身だから、心配したってしようがない。アッシー、メッシーの集合体でそれなりにやっていくのだろうからそれでいいのだろう、と思う。そう思うほかに思いようがないから、そう思うのだ。

オスの力、男のホコリ

某誌編集長は当今珍しい熱血の人である。その熱血の人が私に向かっていった。

「この憂うべき現象をほっといていいんですか。日本はこのままいくとたいへんなことになりますぞ！」

ここへきて結婚しない女、子供を産まない妻が増えつつある。そのため結婚出来ない男、父親になれない夫が増えている。これを何とかせにゃあならんのじゃないですか、といわれる。何とかせにゃあならんことはわかっているが、当の若い男どもは、何とかせにゃならんと思っていない。そこが問題なのであろう。

男はオスの力、オスの魅力を失ってしまった。一方、女は自らが強くなることによって、男の強さに憧れ、頼る心を捨てた。女がそうなったから男がオスでなくなったのか、男がそうなったから女が強さを身につけるようになったのか。いずれにせよ、男は女にとって切実に必要な存在ではなくなったのだ。夫はいなくてもいい、恋人がいれば、という力ある女が増えてきた。父親がいなくても、一人で育てるからいい、という女性も出てきた。そのうち男はアッシー、メッシー、そうしてセックスの相手を務めるだけの存在に甘んじなければならなくなるだろう。男の本能は磨滅したのだろうか？　女を獲得するために燃え滾《たぎ》った血はどこへ行ったのだろう？

かつて男は狼であった。だが今はおとなしい羊になった。そこで女は男をなめるようになり、用心をおこたり、外国の男も羊だ、と思ってムザムザと殺されたりする。「全くそれでいいのか、それでいいのか、といいたくなりますね」と熱血の編集長の声は大きくなったが、多分、若き男どもは「それでいい」と呟《つぶや》いているのだろう。

男も女も今の若い連中は、楽しさのみを追い求めている。苦労や努力は彼らにとってまるで悪徳のようなものらしい。結婚生活というものには、不自由、不如意がつきまとうものであることはいうまでもなく、従ってそんな楽しくない生活に、自由と贅沢《ぜいたく》を知った女が簡単に入るわけがないのである。

そんな女どもを捕える力が今、男には必要なのである。まことの男の優しさとはどういうものかもわからず、皿を洗い洗濯をし、アンマをしてくれるから優しい夫で幸せなの、と喜んでいるような愚女に牛耳《ぎゅうじ》られて、イクジなしになり果てていることを恥と思ってもらいたい。男の「誇り」を持ってもらいたい。「誇りが傷つく」という感情を育ててもらいたい。

とはいうものの、

「そんならどうやれば、恥かしさやプライドが育つのですか？」

と素直な質問がくる心配があるのだ。もしかしたら、

「男のホコリってどんなものですか？」

と訊《き》かれるかもしれない。

二十年前、男の悪口批判をほしいままにしていた時、私は男性群から怖れられ忌《き》避《ひ》される存在だった。だが今は、何と罵《ののし》ろうと、怖れられもしなければ怒られもし

ないのではないか。もしかしたら罵られるのが嬉しいといって、慕い寄ってくるのがいるかもしれない。

かつて明治の男であった我が父は私の不良兄たちに向かっていったものだった。

「そんなことで睾丸《こうがん》の面目が立つと思うか！」

男の睾丸には面目というものがあったのだ。だが今は睾丸はただの厄介《やっかい》ものとなり果てて、ブリーフなる女が用いるようなシロモノの中に押し込められている。

睾丸を解放し、睾丸に面目を与えよ！

あるいはそれが希望への第一歩かもしれない。私にいえるのはそれくらいである。

アガる

客席が明るいとアガるのか

年に何回か講演会に出るが、その時一番苦労をするのは会場の照明の問題である。都会、地方の別なく、客席を暗くして演壇を滅法明るくする所が少なくない。殊《こと》に顔に向かって直射ライトを上方左右から当てられると、私はサーカスのぶらんこ乗りではない！　と怒りたくなる。私は白内障であるから直射ライトに包まれると眩《まぶ》しくて何も見えなくなるのだ。聴衆は私を包む強烈な光の向こうに、恰《あたか》も深海にうごめく平家の亡霊のごとく、曖昧《あいまい》に漂《ただよ》っていて、私は亡霊に向かって話しかける力を失う。

講演は聴衆との対話なのである。踊りや芝居、音楽は舞台の上に自分だけの世界を創り出すものであるから、客席は暗くてよい。しかし講演は対話である以上、相手の表情が見える必要がある。私の言葉は目と目、顔と顔を合せることによって生じた目に見えぬ紐を伝って聴衆一人一人の胸に伝わるのである。その紐がなければ闇に向かって石を投げるのと同じだ。何も伝わらない。それを無理に伝えようとすると、倍も三倍も疲れてしまう。

「ですから照明は明るくして下さい」

と事前に頼んでおくのだが、それでも暗いことがよくある。ある時、ある所でそのことについて文句をいった。

「あれほどお願いしておいたのに、どうして暗くするんですか！　おかげでヘトヘトですよ！　わけを聞かせて下さい。わけを……」

すると相手はいった。

「それはそのう……客席が暗い方がアガらなくていいんではないか、ということになりまして……わたしらの町長も教育長も、暗い方がアガらなくていいといつもいわれるもんですから」

「客席が明るいとアガるんですか！」

私はまったく驚いた。そしてつらつら考えてみると私は近来、「アガった」ことがないことに気がついたのである。

「あんたはアガらないでしょうよ。特別製の心臓だもの」

と友達は口を揃えていう。そして「あたしは結婚式の三三九度の時にアガって一気に酒を飲み干してしまった」とか、「PTAの会計係として会費の年間報告をしなければならなくなった時、前日からアガりっ放しにアガってご飯がのどを通らなかった」とか、何しろ私の友人といえば、女性解放や自立の観念が男性の靴の下に押しつぶされていた時代の育ちである。

「頭がボーッとなって、顔が熱くなって、足は雲の上を踏んでるよう、ムネがドキドキして膝が慄《ふる》え、まわりが見えなくなり、自分が何をいっているのかわからなくなってしまう」

それがアガった時の状態であると口々に説明してくれた。

口頭試問の思い出

それなら遠い昔、女学校の入学試験の口頭試問で経験したことがある、と私は思い出した。そうだ。あの時、私は試験官の前に立往生していたのだった。なぜ立往生していたかというと、試験官が問うた質問の意味がわからないからで、なぜ質問の意味がわからなかったかというと、その試験官の顔がマントヒヒそっくりで、しかも何ともいえないみごとなドス黒さ。つい気を奪われて眺めている間に、質問が出てしまったのだ。質問がわからない以上答えようがないのである。マントヒヒの

目は三角になった。そして、

「もう、よし」

あっちへ行け、と愛想を尽かしたように顎《あご》をしゃくった。途端に顔は熱くなり足は雲の上を踏んでいるようになった。

「もう、あかん！」

と思うとまわりが見えなくなった。フワフワと教室を出ると次の教室へ入れという矢印が出ている。フワフワと入って行くと白衣の女の人がいて私を椅子に坐らせ、私の後ろへ廻っていった。

「何か聞えますか？」

私は黙っている。何か聞えますかと藪《やぶ》から棒にいわれても、先方の意図がわからない。

「何か聞えます？　聞えない？」

白衣の女性はいう。その時、窓の向こうの表の道から、焼芋屋の鐘の音が聞えてきた。私はいった。

「お芋屋の鐘」

「えっ？　…何が聞えるって？」

「お芋屋の鐘……」

白衣の人は途方に暮れたように黙っている。その時、耳もとでカチカチ、小さな音がしているのに気がついた。時計が秒を刻む音だ。

あっ、これのことか！

大急ぎで私はいった。

「時計の音……」

「そう！　時計の音ですね！」

ほっとしたように白衣の人はいった。

「どっちで聞えます？　右？　左？」

「右」

「はい、じゃ今度は？」

「左」

「そう、今度は？」

「左」

「はい、よろしい。結構です」

テストは終り帰途についたが、足はまだフワフワと雲を踏んでいた。電車に乗っても人の顔が見えなかった。家へ帰るなり、私は母に向かっていった。

「あかん！　落第や！　もうあかん！」

そう叫んで私は泣いたのである。

そうだ、あれが「アガる」ということだ。私だってアガったことはあったのだ。

しかしこの二、三十年来、アガるとはどういう気持か、すっかり忘れていた。

「アガらないコツを教えて下さい」

といわれて、

「要するに人生経験の豊富さでしょう」

などといっていたが、名優といわれる人が、「初日の舞台はアガります」とインタビューで答えておられるのを見ると、自分がなにやら人ナミでないような引け目を覚えてしまう。

恐怖の切符自動販売機

ところが先般、私は久々に「アガる」とはこのことだったのか！　と思える経験をした。

四月のはじめのことである。私は同行七人と新幹線で名古屋へ向かうことになった。そこで家の者に新幹線のグリーン車を手配させたのだが、間際になってグリーン車ではなく自由席で行くという連絡が入った。他の人が自由席なのに私一人だけがグリーン車に乗るわけにはいかない。そこでグリーン車をキャンセルし、自由席はその当日買うことになった。

ところが誠にお恥かしい次第ながら、私はこの十数年、自分で新幹線の切符を買ったことがないのである。当然、売場もわからない。

「カンタンよ。この頃は自動販売機があるから、そこで買えばいいんです」

と無造作に人はいう。しかし私はこの自動販売機というものが嫌いなのだ。自動販売機で物を買わねばならないのなら、買わずに我慢するという主義だ。どんなに相手が無礼な奴でも、自動販売機よりはいい。そう思っている私が、自動販売機で切符を買わねばならなくなったのだ。そのことだけで私は三日も前から落ちつかなくなった。

いよいよ名古屋行きの当日。いつもなら出発の四十分前まで寝ている私が、その日は午前五時というのに目が醒《さ》めた。それも既にアガっている証拠だといえるかもしれない。

新幹線は東京八時六分発である。タクシーを使って何かのことで渋滞すると困るので、地下鉄で行くことに決めている。地下鉄を二度乗り換えて東京駅に着いた。さて、これから切符を買うのである。「初舞台」といった心境だ。緊張して歩いて行くと、思ったよりも簡単に自動販売機が目に入った。一万円札を握りしめ、前に立ってジーッと睨《にら》む。

お札《さつ》を載《の》せる所があって、そこへ一万円札を載せてから「名古屋」のボタンを押せばいいらしい。ところが一万円札を載せたにもかかわらず、お札は奥へ吸い込まれずに押し戻されてくるのである。

取って改めて載せる。

押し戻される。

取って載せる。

戻される。

また載せる。

戻ってくる。

私は後ろで順番を待っている人をふり返った。かくなる上は他人の助力を待つよりしようがないのである。

「どうしたんでしょう？　載せたお札が戻ってくるんです……」

「はあ？」

と目をパチクリさせたその人は、白髪の長髪、痩せて全体にヨレヨレの趣《おもむき》ながら、優しい山羊のようなおじさんである。

「戻ってくるんですか？　ふーむ……」

とヨレヨレ山羊さんは唸《うな》り、「なぜでしょうな」と呟《つぶや》き、「どうしたんでしょう？」と私を見る。私にはわからないからあんたに訊《き》いてるんじゃないか、といいたいのを我慢し、「どうしてでしょう？　いったい何なんでしょう？」という。ヨレヨレさんはいった。

「駅員に訊いたらどうでしょう？」

だがその駅員はどこにいる？　そのボタンを押せば、といわれてボタンを押した。と、小窓が開いて、

「何ですかア」

牛がアクビしたような不愛想な声。

「お札を置いても、戻ってくるんですけど」

「シワがあるとダメです……」

「え？　何ですか？」

「シワを伸ばして下さい」

「シワ?」

と訊き返した時はもう窓は閉っている。仕方なく一万円札を取って眺める。シワはないが一方の角が少しめくれた感じになっている。それを手で伸ばしてさし入れた。今度はスーッと入っていった。

逆上の怪力

これが文明だというのか。人間ならば一目で一万円札だと認めるものを、キカイ相手では金が金として通用しない時があるのだ。何のためにかかる厄介《やっかい》なものを作るのか、と常ならば小窓を叩いて文句をいうところだが、とにかく今はアガってる。黙って「名古屋」のボタンを押した。

ガタン! と音がして切符が出てきた。やれ嬉しや、と思ったのも束《つか》の間、見ると怪しや二枚ある。私はうろたえ、後ろのヨレヨレ山羊さんをふり返った。

「二枚も出てきたんですけど、なぜでしょう」

「え？　二枚！　ふーん……」

ヨレヨレさんは真剣に考え込む。

「駅員に訊いたらどうでしょう」

また駅員か。さっきの牛アクビとはなるべく話をしたくないが、仕方なくボタンを押した。

「何ですか？」

と牛アクビ。向こうもこっちを見て、なんだまたさっきのばあさんか、という顔になった。

「あの、切符が二枚出てきたんですけど」

「二枚です」

「え？」

「アナウンス、聞えないんですか？　切符、よく見て下さいよ」

いい捨てて牛アクビは消えた。手の中の二枚の切符をまじまじと眺める耳に、優しげな女の声のアナウンスが聞えてきた。

「切符は二枚出ます……切符は二枚出ます……」

さっきから頭の上で女の声がひっきりなしに何やらいってる、うるさいなと思っていたが、それがこれだったのか。

「つまり、二枚でいいというわけですか？」

とヨレヨレさん。

「はあ、そうだったんです」

一枚は「乗車券」、もう一枚は「特急券」と書いてある。それがアガってるために見れども見えず、という状態に陥っていたのだ。

「おつり、おつり、おつり取りましたか？」

後ろから親切なヨレヨレさんの声。

「あ、おつり？ ……ああ、取ってました」

と気がつく。逆上しながらも、おつりだけはしっかり握っていたのである。

時計を見るとあと十分で発車である。だが今度は入口がわからない。改札口を見るといずれも自動改札口になっている。いったい二枚の切符をどうやって自動改札機に入れるのか？

向こうに改札係が一人立っているが、そこは出てくる人が行列になっていて、入って行く隙《すき》がない。さっきのヨレヨレさんなら、駅員に訊けというところだ。だがあと十分、いや九分、八分、という思いで私は逆上している。エイ、もう、ヤケクソだ。

そのまま私は自動改札口に向かって進んで行った。丁度、前の人がそこを通ったばかりである。ご承知のように自動改札口は切符を入れるとひとりでに戸が開いて、人が通り過ぎると閉じる仕かけになっている。今、そこへ入って行った人が出た後、その人のために開いた戸はまだ閉じずに開いている。

私は夢中で前の人の後を追った。勿論《もちろん》、切符を入れずに、である（だって二枚の切符をどうやって入れる？）。戸はゆっくり閉りつつある。まさに出口にさしかかった時、グーッと閉ってきた。

私は大腿と両手でそれを受け止め、

「うーむ……」

渾身《こんしん》の力を籠《こ》めて自動扉を押しやる。危うく負けそうになるところを、必死の力で防ぎ、敵（？）のひるむ隙をすり抜けて出た。

「まあ、あの人……」

という声がどこかでしていたが、あの人もこの人もあるかいな。あたりの人はたただただ驚き呆《あき》れて見ていたかもしれないが、何しろアガっているから目に入らない。漸《ようや》くプラットフォームに上り、客車に乗った後は名古屋に着くまで呆然《ぼうぜん》としていた。

後にこの話を友人にしたところ、

「危いわねえ。あの扉を押し開けるなんて、あなたは怒ると力が出るのねえ」

いや、怒ったんじゃない、アガったから出た力なのであった。

腰に鋏《はさみ》、手に拡大鏡

六十八歳三種の神器

この頃、私は鋏を腰に、植木屋スタイルで暮している。かつて「家庭の三種の神器」といわれるものがあって、それはテレビ、電気洗濯機、電気冷蔵庫だった。だが、今、六十八歳になった私の三種の神器は、鋏、拡大鏡、懐中電燈である。

私の一日はまず、山のように送られてくるパンフレット、雑誌のたぐいの封を切ることから始まる。それから食品の真空パックを切る。地方の知人から送られてくる名産のたぐいは真空パックがなされているものが多く、また日常の加工食品、漬物、菓子、お茶、インスタント麺、何でもかでもパックされていて、簡単に手では破れない。開封するための切口がつけてあることはわかっているが、何しろ強度の老眼の上に白内障という情けない視力。メガネをかけても切口が見えない。そこで鋏が欠かせぬ必需品となったのだ。

手で破れるものでも力がないので鋏の厄介《やっかい》になる。パックが必要でないものまで、この節は厳重にパックされている。不便な世の中になったものだ。昔はよかった。物をくるむのは新聞紙と決っていた。弁当も魚も野菜も新聞紙で事足りたのだ。

そんなことをついいうと、忽ち《たちま》「まあ、フケツ!」と眉をひそめられる。フケツか何か知らんが、新聞紙でくるんだ魚を食べたために病気になったという話は聞いたことがない。

三年ほど前、古いクーラーが壊れたので、電気屋が勧める新しい機種をつけた。冷房暖房両用というものである。

「これひとつで夏は涼しく冬はあたたか。実に便利です」

と電気屋はいい、適温にセットして帰って行った。

やがて春が逝《ゆ》き、暑い日が来て、冷房が必要になった。ちなみに私は冷房が嫌いである。猛暑の中で瀧のような汗を流していると、身体の中の老廃物がすべて流れ出るような気がして頗《すこぶ》る気分がいいのだ。だから私一人の時は滅多に冷房はつけず、専《もっぱ》ら来客用にのみ使っていた。

その頃は娘がまだ結婚せずに家にいたから、電気製品の取りあつかいはすべて娘に委《まか》せていた。従って来客の時は冬も夏も、ただスイッチを入れさえすればそれで目的が達せられたのである。

娘が結婚してはじめての夏、ある雑誌から女性インタビュアーが来た。中年のカメラマンの二人連れである。

「暑いですねえ、今日は……」

といいつつ私は冷房のスイッチボタンを押して席につく。冷たい飲物など勧めて、仕事にとりかかった。

「えーと……でございますね、老齢化社会になってきまして、老後をいかに過すかということが問題になってきておりますが、この問題は老人だけが考えることではなく、若い人もやがては老人になっていくのですから、三十代四十代からすでに老後について考えておかなければならないと思うんでございます」

四十がらみの女性インタビュアーは、なかなか礼儀正しい落ちついた人である。

「そこで三十代四十代の人たちに対しまして、老後のための心の用意を……」

といううち、インタビュアーの額に汗の玉が噴き出してきた。

暑い。とにかく暑い。

「いやあ、今日は暑いですねえ。クーラー入れててこんなに暑いんですから、外はどんなでしょう」

と私。

「まったく、まさに猛暑ですな」

カメラマンも汗を拭き拭きいう。

私は柱についているマイクロコンピューターなるものの所へ行った。冷房の温度を更に下げようと思ったのである。今まで娘に委せていたので、ろくに見もしなかったそれを見て、呆《あき》れてしまった。蟻のような小さな文字がゴチャゴチャと並んでいる。数字らしいことはわかるが、それ以上のことは何も見えない。わからぬままにそこについている指針を動かして椅子に戻った。温度を下げたつもりである。

「失礼しました。えーと、何でしたっけ？　そうそう、三十代の人に老後を考えさせるって話でしたね。でも少し観念的じゃありませんか？　三十代なんて老後のことどころじゃない。目の前に考えなければならないこと、しなければならないこと、わんさとあるんですから。だいたい、三十代で老後を考えるなんて、そんなことじゃあ、ろくな人生を生きられませんよ……フーッ！　ああ、あつゥ……」

たまりかねたカメラマン氏が、クーラーのところへ行った。そして彼は叫んだ。

「あっ！　これは暖房になってます！」


なにが文明の進歩や！


テレビ番組でビデオに録っておきたいものがあったので、外出中に入るようにセットしておこうと考えた。これも今までは娘に一任していたことである。我が家のビデオデッキは茶の間の隅っこ、薄暗い所にある。その前に坐って、いざセットせんものと説明書片手に機械を睨《にら》んだ。

ところがこれまた蟻のウンコのような文字が並んでいる。しかも日本語でなく英語だ。拡大鏡を持って来てひとつひとつ眺めた。あっちを押したり、こっちを引っぱったり。薄暗い場所にあるために拡大鏡を用いてもよく見えない。部屋の隅だから、電燈を点《とも》しても届かない。そこで懐中電燈が必要になる。説明書を膝に右手に拡大鏡、左手に懐中電燈を持ってうずくまっている後ろ姿は、どう見ても新米の金庫破りであるとたまたま来合せてた友人はいった。だがその友人とても私と同い年。そんなら、あんた、やってよ、と私にいわれ、どれどれと進み出たものの、

「いやあ、さっぱりわからん！　なんでこんなもの作るんやろう！」

と怒り出す始末。

「なにが文明の進歩や！」

「進歩進歩というけれど、便利便利というけれど、それは若い連中がいうだけのこと」

「我々には何が進歩やら、何が便利やら、さっぱりわからへん！」

と私と友人は憤慨した。

折しも敬老の日である。

「フン、なにが敬老か！」

「ふだんは散々、年寄りをないがしろにしといてからに、一年にいっぺん、申しわけみたいに敬老の日みたいなもん作ってからに、おじいちゃん、おばあちゃん、いつまでもお達者でいて下さいね、がんばって下さいね、なんて歯の浮くようなことテレビでいうてる」

「がんばって下さいって、なにをどうがんばれというのや！」

「敬老の日」なんて空々しい祝日は廃止せよ！

私と友人は、二人でこれから廃止運動に入ることを決議したのであった。

ユーメイ人

マスコミの無責任

世の中に何か事件が起ると、すぐさま電話が鳴って、

「この度の×××の事件につきまして、各界の著名人の方々のご意見を伺《うかが》っておりますんですが、ひとつ佐藤先生にも……」

と始まると、私はムカッとくる。

「各界の著名人の方々」という言葉を聞くと、針ネズミのように忽《たちま》ちトゲが逆立つのである。しかし先方は「各界の著名人の方々」ということによって、敬意を表しているつもりなのであろう（ホントは敬意など持っていないのだが、そんなふうにい

えばこちらが気をよくすると思っている）。その思いこみ、錯覚、簡単さも気に入らないが、それにも増して「著名人」という言葉が嫌いである。

著名人？　それがどうした！　何がエライ！　という気持が常に私にはある。世間の人に名前を知られているからといって、傾聴に値するような意見が出るとは限らないのである。

今のようにマスコミの無責任が横行している時代には、目の前の現象だけを見聞きしただけで、うっかり意見をいうととんだ間違いをやらかす。

上原謙さんの元夫人が、テレビでいきなり加山雄三夫妻の冷たい仕打ちなるものを涙ながらに語ったのを聞いて、

「加山雄三ってあんな男だったの。見損なってたわ。上原謙は加山に事業の借金の始末をつけてもらってるから、アタマ上らないのよ。情けないわねえ」

などと論評していた人は、数日して今度は上原元夫人の所業の数々が暴露《ばくろ》される

や、忽ち腰砕けになってしまうのである。離婚騒動くらいならまだいいが、これが殺した殺されたの大事件になると、うっかり罪のない人を論断することにもなりかねず、いくら「各界著名人」とおだてられても、安易に口は開けないのである。

世間には「有名人」というと何か特別に優れた人間であるかのような錯覚があって、有名人が車に乗らずに地下鉄に乗っているからといって感激するという単純な人もいる。有名人なんてマスコミの発達によって無造作に作られていく時代である。切磋琢磨《せっさたくま》、奮励努力した結果の有名人ではないのだ。

故川上宗薫さんはテレビには絶対出たくない、といっていた。なぜかというとテレビに出ると顔を知られるから悪いことが出来ないという。悪いことというのは川上さんの場合、若い女性を連れてラブホテルへ行くことで、ラブホテルのエレベーターの中で乗り合せた客からジロジロ見られるのがいやだということだった。

そういう人がいるかと思うと、街で通行人から注視されることに幸福を覚える人もいて、この頃、暫《しばら》くテレビに出なかったら、前のように人がふり返らなくなった、そろそろまた出ようかな、といった作家もいる。

不愉快を奥歯に押し込んで

私など、どこを歩いていても、誰もふり返らないから気らくでいいが（という と、ある人曰く、いや、あなたの場合は、気がついているのだがジロジロ見たら文句をつけられそうなので見ないようにしているのだと）、たとえば酒場や料理屋などへ案内された時、連れの人がホステス（あるいは仲居さん）に向かって、

「この人、誰だか知ってる？」

と訊《き》く時がたまらない。ホステスが私の顔を知っているわけがないので、席についたホステスたちは私の顔をしげしげと眺め、少し芸のあるのは右に左に可愛らしく小首をかしげてみせたりして、その間に何と答えようかと考えている。

私はそのホステスの苦境を救わねばならぬという気持になって、

「知ってるわけないじゃないの。テレビタレントじゃないんだから。よしなさいよ、くだらない……」

と怒ってみせなければならない。それでも、

「わからない？　佐藤愛子さんだよ」

ドンカン野郎はあくまでも私へのサービスのつもりである。相手は佐藤愛子と聞いても何者かわからない。わからないのならわからぬなりに、

「佐藤愛子さんって、何してる人？」

とでもはっきり訊いてくれればいいのだが、それは失礼に当ると思うらしくて、

「あらまあ！　失礼しました……」

などと驚き恐縮してみせたりする（ホントはまだわからない）のが、気の毒でいたたまれない。すべてが善意から出ていることを憤怒《ふんぬ》するわけにはいかないから、

不愉快を奥歯に押し込んでニヤニヤしているよりしようがないのである。

ある時、私は地下鉄に乗っていた。それほど混んではいないが、七、八人が立っていて、私もその一人だった。私の右横に学生らしいジーンズの若者が三人、吊革に手を預けて頻《しき》りにおしゃべりをしていたが、そのうち電車は次の駅に着いて、私寄りに立っていた若者の前の座席の人が立って下車していった。

若者は当然のようにその空いた座席に腰を下ろそうとして身体を捻《ひね》った途端に私の顔を見、急に体勢を立て直して、

「どうぞ」

と席を譲ってくれた。今どきの若者が席を譲るなんて珍しい。イリオモテヤマネコのごとき、絶滅寸前のそんな若者がまだいたのかと私は感激して、礼をいって腰を下ろした。若者は何ごともなかったように連れの二人と若々しく談笑している。

それにしても人から席を譲られるなんて生れてはじめてだ。いつだったかは突

然、貧血で目が暗《くら》み、立っていられなくなってしゃがみ込んだことがあったが、それでも誰も席を代ろうといってくれる人はいなかった。長い東京の暮しの中で私は、他人の親切や配慮への期待をすっかり捨て去っていたのである。

下車する時、私は若者に「ありがとう」と声をかけて電車を降りた。「あなたのような他人への配慮が出来る若者がまだ東京にも生き残っていたと知って、どんなにか嬉しいです」と一言つけ加えたかった。まだ日本も捨てたものではないと思った。

その話を知人にすると、彼女は考え込んでいった。

「それは、この人はあのうるさい佐藤愛子とわかったから譲ったのかしら。それともあなたの面構えを見て、気圧《けお》されて反射的に譲ったのか……。いずれにしても、その若者、立ってる人、誰にでも席を譲るとは限らないと思うわ」

有名人にもいろいろある。私が有名人だとしたら、どうやら怖がらせて有名になったということらしい。

グルメにはあらざれど

冷えすぎたメロン

若い頃はおいしいものが沢山あってよかったとこの頃つくづく思う。食べたいものもいろいろあった。子供の頃、はじめてメロンなるものを食べて、世の中にこんなにおいしいものがあったのか、とびっくりしたが、メロンは特別の時——しかも必ず貰《もら》いものであって、一度も買ったことはなかった——でないと滅多に食べられるものではなかったから、メロンを前にした時は、何か祝膳についたような嬉しくはにかんだ気持で、笑うまいとしてもひとりでにニマーッと笑えてくるのであった。その頃、私の夢は一度にメロン一個の二分の一を食べたいということだった。

だが今はメロンなど、特別においしいとは思わない。私の味覚が年老いたためであろうか、それともメロンそのものに、かつてあった「気高い香気」といったものが失われてしまったためだろうか、今でも高価なものにはちがいないが、「貰いものでなければ食べることが出来ない」ほどに、珍しく貴重なものではなくなったためだろうか。

殊《こと》に料亭などで、切ったまま冷蔵庫で冷やしてあったメロンが出てくると、私はうんざりする。甘味が飛び、果肉の肌が乾き、歯槽膿漏《しそうのうろう》の歯ぐきに冷やしに冷やした冷たさがしみるばかりで、味がわからない。今は井戸水で冷やした西瓜《すいか》が懐《なつ》かしい。果物は食べる少し前に氷水で冷やしておいたものを、食べる直前に切るのが常道というものではないのだろうか。そのようにされたにちがいない、頃あいに冷えたメロンを出されると、その料亭の格というものがわかるような気がして、

「ご配慮、恐れ入りました」

そう手をついて挨拶《あいさつ》したいような気持になる。

私は美食家ではない。いわゆるグルメを看板にしている人の推奨の料理を食べても、特別においしいと思うことがあまりないのは、きっとグルメになるための鍛練の場数を踏んでいないためだろうと思っている。

あれがうまいこれがうまいといったところで、昭和十年代の化学肥料も殺虫剤もなかった時代の清澄な水と空気と太陽の下で、お百姓さんの努力の汗によって作られた野菜の香気と味を知っている私には、そのうまさは「気がぬけたうまさ」に思われる。野菜にしろ魚にしろ、私はその材料が本来持っている風味を損なわないで食べるのが好きである。ということは、あまり凝《こ》らない料理がいいということだ。凝った上に材料そのものの風味が残っている料理はあるにちがいないのだが、そういう高級料理は私なんぞが口に出来る機会は滅多にないから、テレビの料理紹介番組などで、

「うーん、これは……何ともいえない香りがそこはかとなく口の中にひろがって、このまろやかな舌ざわりといい、上品な味つけといい……ほんと、この風味……うーん、おいしい……」

とレポーターが一所懸命に感激しているのをポカーンと眺めて、

「ほんまかいな」

とつい思ってしまうのである。

かたくても肉らしい肉を

そんな私は、だから自分で作る料理が一番気に入っている。だが私が気に入ったからといって、人がおいしいと思うとは限らないことはいうまでもない。私は関西風の薄味のうどんが好きだが（大阪、京都へ行くと、「恐れ入りました」と手をついて挨拶したいようなうどんに屢々《しばしば》お目にかかれる）、関東風のうどんが好きな人には、薄味うどんはもの足りないだろう。だからといって関東風うどんの好きな人の味覚を、そんなのは洗練されていないと決めつけることは出来ないことは無論である。

人の味覚にはいろいろある。結局のところ子供の頃に食べて育ったものを、人間は一番おいしいと感じるのではないか。ファストフードのものを食べて育った子供は、ある年代の男性がひじきと油揚の煮たものやほうれん草のごま和えや、切干大根を「おふくろの味」と称しておいしいと思うように、ハンバーグやトリのから揚が「代用おふくろの味」になるのであろう。

数日前、珍しく肉屋へ行って（ビーフステーキなど、年に一度か二年に一度しか食べない）ステーキ肉を物色していたら、肉屋の親爺《おやじ》さんがいった。

「この肉はやわらかいよ。評判いいよ」

「そうお」

といったものの、考えた。肉はやわらかければいいってものじゃないんだけどね、と胸に呟《つぶや》きながら。

昔の肉は牛にしろ豚にしろ、鶏にしろ、みなかたかった。かたいのが当り前だったから、ステーキとかトリ鍋などの時はお膳の前で身構えたものだ。まず父が一口食べて、

「うん、今日のはやわらかい」

と頷《うなず》くと、我々子供も食べはじめた。かたいかやわらかいかが大きな問題で、だから味の方は二の次だった。

「ほんと！　やわらかーい」

「おいしいねえ、やわらかくて」

「今日のは当ったねえ」

「肉屋へ行ったら褒《ほ》めてやれ」

という会話が弾んだ。

だが今ではやわらかいのが当り前になっている。その分、昔はあった肉の風味、牛肉らしさ、豚肉らしさ、トリ肉らしさがなくなった。

「かたくてもいいから、牛肉の味がするのがいいわ」

と私がいうと、肉屋の親爺さんは困ったような顔をして、

「かたい肉ねえ、ステーキ用でかたい肉ってのはないよ」

という。

全く人間とは際限なく贅沢《ぜいたく》なものだ。噛《か》んでも噛んでも奥歯にスジのかたまりが残る肉を食べていた頃は、やわらかい肉が最高だった。そこで肉がみんなやわらかくなってみると、かたくても肉の風味のある方がいい、といい出す。次々に手のこんだソースが産み出されるのは、この風味のなさをごま化すための手段なのかもしれない。

カニと七ツ星

私は毎年北海道で夏を送るが、漁師の集落に住んでいる私の家には、時々、漁師の人たちから毛ガニや七ツ星（鰯）の贈り物がくる。今朝獲れたという毛ガニの、まだ動いているのを二十分ほど塩茹でし、足を捥《も》ぎ取ってそのまま食べる時のうまさはたとえようもなく、家内中、ものもいわずに食べつづける。二杯酢や三杯酢をつけたりすると、カニの味が損なわれてしまうので何もつけない。七ツ星は塩をふって焼く。それだけで食べるのが最高だ。料理屋の中には焼魚にレモンの輪切りを添えているところがあるが、あれは魚の古さをごま化すための手段としか思えない。

この鰯の塩焼きに茄子《なす》、胡瓜《きゅうり》のおいしいヌカ漬とピカピカご飯があればそれでよろしい。昔は貧しい質素な食事だったそれらが、今はこれほどの贅沢はない、という食事になっているのである。

カニと七ツ星のお礼に私は時々、漁師を招いてジンギスカンをやる。ご承知のようにジンギスカンは羊の肉を用いる。羊の肉はクセがある上に安いので、たまには奮発しようと牛肉のスキヤキを用意したことがあった。すると集った漁師たちは異口同音にいった。

「これがスキヤキってものかい。なんだか甘くてうまくねえな」

「東京の人間って、妙なものをうまがるもんだな」

羊の肉は牛の半値以下である。

「牛肉の味がわからないのかねえ」

と私がいうと、漁師たちはこういい返した。

「なんだか知らねえけど、七ツ星をうまがって食べるんだもんな、東京の人間は……」

七ツ星なんて、ここでは売らずに捨てているのである。

装幀　川上成夫
装幀写真　御厨慎一郎

〈著者略歴〉
佐藤愛子（さとう　あいこ）
大正12年大阪生まれ。甲南高等女学校卒業。昭和44年『戦いすんで日が暮れて』（講談社）で第61回直木賞、昭和54年『幸福の絵』（新潮社）で第18回女流文学賞、平成12年『血脈』（文藝春秋）の完成により第48回菊池寛賞、平成27年『晩鐘』（文藝春秋）で第25回紫式部文学賞を受賞。近著に『九十歳。何がめでたい』（小学館）、『人間の煩悩』（幻冬舎）、『それでもこの世は悪くなかった』（文藝春秋）などがある。

上機嫌の本

2017年3月8日　第1版第1刷発行
2017年8月9日　第1版第9刷発行

著　者　佐藤愛子
発行者　安藤　卓
発行所　株式会社ＰＨＰ研究所
京都本部　〒601-8411　京都市南区西九条北ノ内町11
文芸教養出版部　☎075-681-5514（編集）
東京本部　〒135-8137　江東区豊洲5-6-52
普及一部　☎03-3520-9630（販売）
PHP INTERFACE　http://www.php.co.jp/

制作協力
組　版　株式会社PHPエディターズ・グループ
印刷所
製本所　図書印刷株式会社

ISBN978-4-569-83805-2